Vintage Mystery Series

ミステリ・ウィークエンド

パーシヴァル・ワイルド

武藤崇恵＊訳　森英俊＊解説

Mystery Week-end

Percival Wilde

原書房

ミステリ・ウィークエンド

目次

Mystery Week-end by Percival Wilde, 1938

ミステリ・ウィークエンド

第1章 H・B・シモンズの手記

こんなものを書いているのは、ひとえにフィル・ドウティと名乗る男にそうしてくれと頼まれたからだ。ドウティという男は歳のころは二十八か二十九、赤毛で顔はそばかすだらけ、なにをするのもせわしなく、驚くほど早口でまくしたてる。とぼけた顔でくだらない質問を連発し、なんにでも首を突っこみたがる、どこから見ても怪しい若造だ。

この男のことは、箱形そりを降りたときからずっと注目していた。ご存じないかたのために説明すると、箱形そりというのは、十キロ近く離れている駅とホテル間の客の移送に使っている大きな矩形のそりのことだ。二台あるから、大勢の客を運ぶことができる。

ドウティ氏は我先にと箱形そりから降りてきた。見るからにあつらえたばかりというスーツを着ていて、最初からぷんぷんと怪しかった。そんな服でスキーに行くやつなどいるわけがない。現に、冬にウィンター・スポーツ目当てでサリー・インへやって来る若者たちは、手持ちのなかでもよれよれの服を着こんだうえにセーターとブーツで武装し、さらにスキーウェアを着ているのが普通だ。しかも彼は女連れだった。本人いわく妻だそうだが、ドウティ夫人は目を真っ赤にして、ずっと泣きどおしだった。そしてチェックインのときに、ジェド・アシュミードに促されるまで宿帳に妻のことを書かなかった。おれがジェドの立場だったら、それだけで済ませたりはしなかったが。

話を先に進めよう。とりあえず書いておけば、クレア・リナベリーがスペルのまちがいを直し、きれいにタイプしてくれるはずだ。クレア・リナベリーというのは、平日は学校で教え、週末はサリー・インの帳簿をつけている女性だ。

おれが死体を発見して、三十分もたっていなかっただろう。「シモンズさん、この殺人事件についてはあなたが一番詳しいですよね」とドウティがいったのは。

そのとおりだと思ったが、この男相手にそれを認めるつもりはなかった。「そうかもしれないし、そうじゃないかもしれない。なぜそんなことを訊く？」

「手記を書くべきだからです。あなたの言葉で」

「なんでそんなことをしないといけないんだ」

「犯人を見つけるためです」

おれはじろじろと目の前の男を観察した。「ドウティさん、それが本名かどうかは知らないがね。殺された男については名前しかわからない。その名前すら本名なのかは怪しいもんだ、あんたと一緒でな。殺された男が何者かは知らないし、それをいうなら、殺されたのかどうかもまだわからない。あんたはちょっと先走りしすぎじゃないか」

「シモンズさん、まさかとは思いますが、気の毒な犠牲者が手斧《トマホーク》で自分の頭を殴りつけたなんて、本気で考えているわけじゃありませんよね」

「おれがなにを考えているかも、なにを考えていないかも、あんたに教えるつもりはない。ただ、手斧で自分の頭を殴りつけそうなやつなら、少なくとも五十人はいるだろうな。現に、自分の頭を軍用サーベルで切り落とそうとした男を知ってるぞ。そいつによると、失敗した理由は思っていたよりも首の骨が太かったせいで――」

ドウティが遮った。「この男は殺されました。その点に疑問の余地はありません」

「それなら、なんでわざわざおれに訊くんだ？」

「証人として召喚されたら、証言するしかないんですよ」

「そのときは金がもらえるからな」

「だから、ぼくはそれをいいたかったんです！」ドウティの顔に苛立ちが浮かんだが、おれには関係ないことだ。どうでもいいことは抛《ほう》っておくにかぎる。おれのモットーだ。「手記を書いてくれたら、金をお支払いします」

「おれは作家じゃない。若いころだって、春の訪れで大地の霜が融けだした、とかいう詩を書いたことはない。ビジネスひと筋で生きてきたんだ」

「それでもお支払いします！」

「ドウティさん、まあ、それがあんたの名前なら。金を払うといっているのはだれだ？」

「ぼくですよ！」

「あんた以外には？　耳を澄ませても、なにも聞こえてこないがな」

察しの悪いドウティもようやく理解できたようだ。「もしかして、いますぐに金を払えということですか？」

「おれが気を悪くするかどうか、試してみたらどうだ？」

「実はあまり手持ちがないんです」

「信じられん」

「お渡しできるとしても、せいぜい二十ドルです」

「どうだかな」ドウティは札入れをとりだした。たしかに薄っぺらかった。しかし、手記を欲しがっているのはまちがいない。本気で手に入れたいのならば、おそらく最初の言い値以上でも出すだろう。「二十ドルじゃ話にならん」

「五十ドル！」

五十ドルもらえば文句はないが、おれの手記にそれだけの価値があるとも思えない。しかし、ドウティはやけに熱心だった。「百ドル！」

「乗った」

ドウティは勢いあまって口にしたにちがいない。だが、そんなことはおれの知ったことではなかった。百ドルは大金だ。「いますぐ払ってもらおう」

「申し訳ないんですが、いまそれだけの現金を持っていないんです」

「じゃあ、おれの邪魔をするのはやめてくれ」

「かならず払いますから！　約束します！」

おれはあたりを見まわした。いまドウティと話しているのはオーナー室だが、サリー・インのオーナーであるジェド・アシュミードはここにはいない。「どうやって現金を用意するんだ？　ジェドは小切手を換金してくれるのか？」

「いや、できないそうです」

「じゃあ、駅まで行くのか？　雪はますます激しくなるし、積雪は三メートルを超えているが、十キロ近く離れた駅まで行くんだな」

「いえ、そのつもりはありません」

「するとどこかに電話して届けてもらうのか？　いま、電話は通じないが」

「シモンズさん、手記を書くのにどのくらい時間がかかりますか？　夕方の六時からいままで、ええと、八時までに起こった出来事を書くのに」

「まあ、二、三時間だろう」

「じゃあ、書きはじめてください。明日は日曜ですし、ぼくはどこにも逃げません。逃げようと思ったところで、どのみちこの雪では不可能ですけどね。たとえスキーができたとしても、目印となるものがすべて隠れてしまったので、道に迷ったときに戻ることもできませんし。明日か明後日になれば電話も通じるでしょうから、ボスに連絡して百ドル用意してもらいます」

おれはその申し出をじっくりと考えた。「ボスはだれなんだ?」

「シモンズさんには関係ないでしょう」ドウティの返事はそっけなかった。

「それはそうだ。詮索する気はないから、答えなくていい。だが、ついさっき二十ドルを出した――」

ドウティはすぐに二十ドル札をとりだした。「二十ドルお渡しします――手付け金として。これで残りの金の心配をするのはやめて、手記を書きはじめてくれますか」

おれはいわれたとおりに書きはじめた。どうしてそんなものを欲しがるのかはわからないが、それでもこの阿呆が金を払うというのなら、おれとしては受けとるのにやぶさかでない。もしも残りの金を払わないといったら、こいつの目の前で破り捨ててやればいいだけだ。あるいは殺人犯に懸賞金がついたら、これを警察に渡して懸賞金だけでもいただくとしよう。

II

場所の説明から始めよう。ここはコネティカット州のサリーで、このホテルの名はサリー・イン、オーナーはジェド・アシュミードだ。そしてこのホテルの第一、第二抵当権の持ち主で、ジェドがもう一度利息の支払いを怠ったらここの面倒を見なくてはならないのが、ヘンリー・B・シモンズ、つまりおれだ。

ジェドはおれが容赦ないというが、おれがそういう人間であることは周知の事実だ。だが、気が進まないなら無理をしてホテルを買う必要はないと、ジェドに何度いいきかせたかわからない。当時ジェドは二十一歳をすぎたばかりだったし、ホテル経営を望んでいないとしたら、それ以外の道を選ぶ自由があると知るべきだと思ったのだ。

大学を卒業して村に戻ってきたジェドは、父親が弁護士のメトカーフに託していた遺産を受けとった。「ハンク、ホテルを買うことを本心から勧めているんですか？」あのときジェドは尋ね、おれは「もちろんだ」と答えた。するとジェドはこう応じた。「ハンクから買ったもので大儲けしたという話は聞いたことがありませんが、あなただってうっかりすることはあるでしょう。これが記念すべき初回になると信じて、大金をはたくことにします」

だからおれはこう答えた。「そういうことなら、ジェド、いつだってチャレンジ精神溢れる若者を応援していると答えておこう」おれはジェドから金を受けとり、第一、第二抵当権と引き替えに金を貸し、火災保険の契約を交わした――不動産の仲介、保険の代理店、そして石炭の販売がおれの商売だ――小ぶりの無煙炭二十トンとそれより大きい料理用無煙炭四十トンを現金取引で納入し、あとは黙って見守ることにした。見てのとおり、サリーは選挙人名簿に登録してある有権者はせいぜい二百人のちっぽけな村だ。一番近い都会であるハートフォードとはちょっと離れている。昔はよくハートフォードの住民が馬で遠乗りにやって来て、サリー・インで昼食をとったり、ときには泊まったりしたものだった。やがて人びとの移動手段は自動車に変わったが、サリーは幹線道路からはずれていたうえに、このあたりは坂だらけだった。なにより、午前中から三、四百キロのドライブを厭《いと》わない土地柄では、いかんせん近すぎた。サリー・インの客足は減り、利益があがらなくなったので、おれとしてはホテルを差し押さえるしかなかった。ヴィンス・ホルブルックは自分の有り金すべてはいわずもがな、他人の金もかなりの額をホテルにつぎこんだが、すべて泡と消えた。無事だったのはおれの金だけだった。おれが差し押さえたとき、投資した連中がいい目を見られなかったとしたら、それは連中の目端が利かなかっただけのことだ。

ジェドはホテルが繁盛するための努力を惜しまなかった。広告をうち、ダンスフロアを作り、ピアノ弾きを雇い、土曜の夜を盛りあげるために景品まで用意した。ほとんど客がいないときでも、銘々に三個も四個も景品を用意するので、おれはたいてい五、六個手に入れたが、なんに使えばいいのかわからないような代物ばかりだった。ジェドはテニスコートもこしらえたが、使用するのはもっぱら本人ばかりだった。サリー・インにやって来る若造という若造を、こてんぱんにやっつけるために作ったのではないかと疑っている。実際、ジェドがぐうの音も出ないほど客を叩きのめすところを、毎日のように見物しているのだ。特に食事時が多かったのは、サリー・インの料理は旨かったし、いつもジェドが食事を一緒にしようと誘ってくれるからだ。ただでありつける食事を逃すやつの気が知れない。

ジェドの利息支払いが一度滞ったことがあったが、大金をかけた改装がまだ中途だと知っていたので、大目に見た。ジェドは敷地内の小川をせきとめ、湖を拡張し、プールを掘り、本館のペンキを塗り直し、建物の傷んだ土台をとりかえた。おれは早々にサリー・インに転がりこんだ。どのみち部屋は空いていたし、滞在してホテル全体に目を光らせているおれに、ジェドは宿泊代を請求したりはしないとわかっていた。

「ミスター守銭奴」ふたりだけのとき、ジェドはおれのことをこう呼んだ。「ぼくのことをハゲワシのように見張っているわけですよね、ハンク」

「ココナッツ・パイをもうひとついただこう」とおれは応じた。

ウェイトレスがパイを運んできた。

ジェドはにやりと笑った。「ここを差し押さえることになったら、どこで食事をするつもりですか？」

「六十年近く、食うものに困ったことはない」

「とてもそうは見えませんよ。ひょこひょこ動く喉仏といい、くちばしそっくりの鼻といい、骨と皮しかないかぎ爪のような手といい」

「このココナッツ・パイはうまいな」

ジェドは椅子を引きよせて、声をひそめた。「ハンク、ここらの斜面は冬になればスキーにもってこいだと思いませんか?」

「スキー?」

ジェドはスキーなるスポーツの説明をした。彼は大学のあるニューハンプシャー州ハノーヴァーでやったことがあるそうだ。「ハンク、このホテルを買ったとき、意識のどこかにスキーのことがあったにちがいありません! 覚えておいてください。あの斜面には黄金が埋まっていますよ!」

おれは黙っていた。てっきりジェドは頭がおかしくなったと思ったのだ。

「雪が降ったら、すぐにゲレンデの整備をします。ターンしやすく、コースからコースの移動も楽にでき、危険のないコースをたくさん作ります」

なにをするつもりなのかはさっぱり理解できなかったが、こう答えておいた。「それは名案だな、ジェド」

「最初から電気で動くロープトゥを用意する余裕はありませんが――」

「それは当然だ」とあいづちを打った。

「それでもリュージュのコースは作れます。それにスケート用の氷にはことかかないので、アイスホッケーもできますね。ところで、雪は一度ゆるんだあとでかたく凍ると、それはよく滑るものですが、そういう野原をスケートで滑ったことはありますか?」

「ジェド、おれがそんなことをしているところは見たことないはずだ」

ジェドがバシンと背中を叩いたので、おれはあやうくココナッツ・パイを喉に詰まらせるところだった。「ハンク、別人になった気分にしてあげますよ」

しかし、それは実現しなかった。おれは最新式の道具を試す機会すらなかった。それどころではなくなったことは認めよう。スキー、スケート、スノーシューをやりたいという客が集まりはじめたのだ。アイゼンとかいうかぎ爪がついた鉄製の靴のようなもので氷壁をよじ登る者もいたし、週末になると欠かさずやってくる夫婦もいた。ジェドは利息をきちんと支払うために、有り金はたいてせっせとスキーやリュージュのコースを整備しなければならなかった。

「去年の夏は赤字でした」ジェドはいった。「でも今年の冬をなにごともなく終えることができれば、かなりの利益をあげられそうです」

その言葉どおりになりそうな気配だった。もっとも、いつ首の骨を折るかわからないのに、どうしていい大人が子供のように、長い板きれを足にくくりつけて滑りまわりたいのか、おれにはまったく理解できなかった。だが客は増えるいっぽうで、雪のなかで阿呆の真似をするために喜んで高い金を払っていた。

やがてジェドがまたちがう計画を思いついた。「ハンク」ある日、彼がいった。「おかげさまでますます好調です。十二月にこんなに大勢客がいるところを、ヴィンス・ホルブルックは目にしたことがないんじゃないでしょうか」

「おそらくないだろうな」

「そろそろなにか派手なことを始める必要があると思うんですよ」

おれはいつもの返事をした。「うーん」

「いいことを思いついたんです。ミステリ・ウィークエンドって知っていますか？」

「聞いたこともない。なんのことなんだ？」

「だからミステリなんです！　チケットを買うと、鉄道、ホテル、食事といったすべてがふくまれています」

「どこに行くんだ？」

「それこそがミステリ・ウィークエンドの売りなんです！　どこに行くのかお客さまは知りません！　ウィンター・スポーツをすることしかわからないんです。いま、整備中のスポーツをすべて楽しめるようにします。それだけじゃありません。居心地のいい部屋でくつろぎ、美味しい食事に舌鼓を打ち、陽気な仲間と騒ぐ――そして月曜の朝になったら、見慣れた会社に戻るというわけです」

「べつにそそられないがな」

だが、衆目の意見はちがったようだ。ジェドは大学の秘密めいた学生クラブで知りあったという、鉄道会社の重役の息子と協力して準備した。ふたりはひと晩かけてニューハンプシャー州まで行くことに慣れていただけに、いまではグランド・セントラル駅からほんの三、四時間で、見渡すかぎり雪に覆われた斜面が広がるサリー駅に着くことが、どうしてもぴんとこないようだった。第一回の列車から降りた客は十二人だった——残りはそれぞれの目的地に向かう途中で駅を通りすぎるだけの乗客だ。だがたったそれだけの人数でも、サリー・インが気に入り、ミステリかどうかは関係なくつぎの週末もやって来た客が何人もいた。第二回、第三回の列車にはもっと大勢の客が乗っていた。そして第四回の列車が今日の午後到着し、やって来たのがフィル・ドウティだった。もっとも、それが本名ならば、だが。それ以外の参加者は、彼によると妻だという連れの女性、アーナックル夫妻、シンシアボックス夫妻、J・J・ニュートン夫妻——いずれもチェックインのときに本人が宿帳に書いた名前だ——トマス・マケイブ氏、レジナルド・ジョーンズ氏、ポール・テレル氏、ヘレン・モリスン嬢、フィリス・デントン嬢、グラディス・グウィリアム嬢、ローズ・メイベル・バッド嬢、ほか何十人という若い男女、そして歳のころは四十代で、ドウティ同様に街と変わらない格好をしたジョーゼフ・メイプル氏。本館のすぐ脇にある物置で、ほんの一時間半ほど前に殺されたのはメイプル氏だ。

Ⅲ

ハウ先生が両手を大きくこすりあわせながらオーナー室に入ってきた。ドアを勢いよく閉めたので、机の灯油ランプの炎が揺らめいた。サリーは四十年前から電気が通っている。近くの滝に発電機が設置されたおかげだった。あのころ住民は滝まで散歩に出かけては、発電機が回転する様子を見物したものだ。だが今日は大雪のせいで午後から停電しており、復旧するまでは灯油ランプだけが頼りだった。もっとも、若者たちはほの暗い明かりでなんの不満もないだろうが。

「なにをしている?」ハウ先生はいつも着ているアルスター・コートを、おれのコートの隣にかけた。

「いま、忙しいんだ」

「そのようだな」彼は後ろからのぞきこんだ。「書き物をしているのか? なにを書いているんだ?」

おれが書き終えたものを広げると、ハウ先生は最後の一枚を読んだ。

「ハンク、こんなことをするものじゃない」

「どうして?」

「このことは口外しないと決めたじゃないか。きみ、ジェド、レーヴァリーさん、ドウティ、わたしの五人で」

「口外はしていない」

「そうかもしれないが、この内容が発表されたら大騒ぎになるぞ」

「べつに公表するつもりはない」

「それは当然だ。ハンク、考えてみろ。このホテルにこれほど大勢の客が集まるのは、ジェドにとって初めてのことなんだ。それなのに殺人事件が起きたなんて知られたら、客はひとり残らず逃げだしてしまうぞ」

「客の耳には入らない」

「どうしてわかる？」

「それにどこにも逃げられはしないさ。この大吹雪じゃな」

「いまは動けないかもしれないが、明日になれば――」

「どのみち、ほとんどの客は明日帰る予定だろう」

「とにかく客に悟られるわけにはいかない。ジェドは苦労して、ようやく軌道に乗りそうなところまでこぎ着けたんだ。それなのに殺人事件が起きたなんて噂になったら、このホテルは終わりだよ。もちろんメイプル氏を殺した犯人は逮捕されるべきだが、警察はジェドやホテルの名前が新聞に載らないよう、極力配慮してくれるはずだ」ハウ先生は言葉を切り、じっとおれを見つめた。「ははん！　きみがなにをたくらんでいるかわかったぞ。何ヵ月かホテルの営業妨害をするつもりなんだろう。やめろ。そんな真似をするものじゃない。ジェドの支払いが滞れば、きみはここを差し押さえるから、またホテルはきみのものだ――大儲けってわけだな！」

面と向かって非難されたり、悪し様にいわれるなんてしょっちゅうだ。そのおかげで、なにをいわれようと、平気で聞きながせるようになった。「先生、それは誤解だ」

「どこが誤解なんだ。ジェドを困らせる以外に、そんなものを書く理由はないだろう」

「ドウティに頼まれたんだ」

ハウ先生は鼻を鳴らした。「ここひと月観察したかぎりでは、きみはわけもなく親切をほどこすタイプじゃないはずだがな。ドウティはどうしてそんなものを欲しがるんだ？」

「知らん。だが大金を払ってくれるそうだから、そうなれば話はべつだ」

「そういうことか。事情がわかった！　ハンク、そんなものを書くのはやめろ。ジェドが気の毒だろう」

へたに手出しされないよう、おれは書き終えた紙を机の引き出しに放りこんで鍵をかけた。

「先生、大騒ぎしないでくれ。べつにこの殺人事件に興味があるわけじゃないだろう」

「ジェドの友人として心配しているだけだ」

「おれの友人でもあるよな」

「もちろん」

「そんなことをいうために来たんじゃないだろうから、お互い自分のことに専念しようじゃないか」

ハウ先生はまじまじとこちらを見つめた。「ハンク、きみは頭が切れる――」

「そうかもしれん」

「だれのしわざなのか、知っているのか？」

おれはかぶりを振った。

「ハンク、きみが殺したのか？」

「ちがう」

「きみなら殺せたな。なんといっても、死体を発見したのはきみなんだ」

「死んでから三十分から四十五分はたっているといったのはあんただろう、先生。おれはその十分前まで食堂にいて、大勢の人が見ているなかで食事をしていた」

「そうだったな。それに殺したのはきみじゃない。このあたりで一番の金持ちなんだから、だれかを手斧で殺したりするはずがない。きみなら第一抵当と第二抵当をつけて金を貸し、差し押さえるに決まっている。それなら合法だしな」

おれは思わず噴きだしてしまった。ハウ先生と話をするのは楽しいが、いまは早く手記を書きすすめたかった。それにこうして会話しているうち、あることを思いついたので、その件をじっくりと考えたくもあった。「先生、音楽が聞こえてきたぞ。土曜の晩恒例のダンスが始まったようだ。先週も、その前の週も踊っていたよな。今夜もヴァージニア・リールを踊るつもりだったんじゃないのか。いくつか訊きたいことがあるんだが、あとで――」

「わたしはなにもわからんよ」

「いや、先生なら答えられる。まあ、いまは忘れてくれ。のちほど会おう」

ハウ先生は出ていった。ここで彼について説明しておいたほうがいいだろう。ハウ先生はサリー・インにひと月近く滞在している。彼以外にも長逗留の客は何人かいた。ネイティヴ・アメリカンの武器のコレクターで、メイプル氏の死体の傍らに転がっていた手斧を購入したプレブル夫人、頭のねじがちょっとはずれているレーヴァリー氏、人の多い環境で暮らすことが夫に好影響を与えると信じているレーヴァリー夫人。ジェドは長逗留の客を週末の客とは区別していた。今年初めての大雪が降れば、いよいよウィンター・スポーツの本番を迎える。

ハウ先生はちょうどひと月前に、第一回ミステリ・ウィークエンドでサリー・インにやって来た。小柄だが横幅がある身体を厚手のアルスター・コートで包み、消毒薬のにおいをさせていた。

「やあ、先生」初めて会ったとき、おれは開口一番こういった。

「はじめまして」こう答えたあとで、彼はまじまじとこちらを見た。「どうして医者だとわかったんです？」

「いかにも医者というにおいがするからな」と応じると、彼は大笑いした。「それはそうだ！　お近づきのしるしに乾杯しませんか」誘われるままにバーに行くと、ハウ先生は「ジェイク、一杯頼む」と声をかけた。バーテンダーの名前はアレック・ピアスだったが。ハウ先生は問わず語りに、ボルティモアで開業していたが、肺を患って引退せざるを得なかったこと、人に伝染する病気ではないので、余生はぶらぶら遊んで暮らすと決めたこと、しばらくサリー・インでのんびりする予定でいることなどを語った。

バーの支払いは彼がした。「スキーを持ってきたか？」と尋ねると、すがすがしい冷気を味わうだけで充分と答えた。病気持ちのようだし、年齢もおれと変わらないうえ、運動する習慣があるようにも見えないが、そりをもとに戻す必要がなければ、リュージュくらいなら楽しめるかもしれないと考えたのを覚えている。

それ以来ハウ先生はサリー・インに滞在していた。ジェドは好意を抱いている様子だし、おれも気に入っている。いまのようにずけずけといいたいことを口にする男だが、ホテルに医者がいてくれるとなにかと好都合だった。若い娘が転んで膝をすりむいたときも、彼が手慣れた仕草で包帯を巻いてやったので大事には至らなかった。またレーヴァリー夫人も夫の病状を相談できるうえ、ハウ先生は話を聞くだけだからと料金を請求しなかったので、彼がお気に入りだった。おそらく腕のいい医者だったんだろう。なにしろホテルの一番いい客室に泊まり、毎週土曜にきちんと部屋代を支払っているのだ。メイプル氏の死体を発見したとき、おれが真っ先に呼んだのもハウ先生だった。もっともどれほど腕のいい医者だとしても、できることはなにもなかっただろうが。

プレブル夫人はハウ先生をきらっていた。だが、原因は夫人のほうにあった。夫人はネイティヴ・アメリカンの武器をコレクションしていて、矢じりにはかなりの金額をつぎこんでいた。そして定職につくことができずに生活保護を受けているアイク・スワンソンは、せっせと武器をこしらえてはプレブル夫人に売りつけていた。もちろん、夫人はアイクの作品だとは夢にも思っていない。問題の手斧もアイクが八ドルで売りつけたものだった。おれはひと目見ただけで、ほんの数週間前に適当な鉄片に棒きれを結びつけただけの代物だとわかったが、それを夫人に知らせてアイクの商売を邪魔するつもりはなかった。特に夫人を紹介したので、売り上げの二十パーセントを受けとっているとなれば。夫人は若かったころに娘向けの大学で教わったとおり、有史以前の骨董品だと信じている。そして夫人がハウ先生をきらう理由もコレクションに関係あった。夫人は蒐集した武器を廊下にあるガラスの陳列ケースに飾っているが、それを目にしたハウ先生が落ち着かないと不満を漏らしたのだ。医者であっても、死を連想させるものは好きではないと。

それを聞いた夫人が「ハウ先生、手術となればおびただしい量の血を目になさるんでしょう」とあてこすると、ハウ先生はすかさず「プレブル夫人、手術は人を殺すためではなく、治療するためにおこなうものですからな」といいかえした。そのときはたいしたものだと感心したが、そのうち彼はだれに対してもぴしゃりといいかえすのだとわかった。

レーヴァリー夫妻についてはもう書いたな。リーディ嬢は清掃を監督していて、メアリー・フィッシャー嬢は雪景色を描く画家だ。ジェド・アシュミードについては説明の必要はないだろう。彼が自分のホテルの客を殺すはずがない。従業員は大忙しで、助っ人を頼みたいくらい人手が足りないのに、この天候ではそれも期待できなかった。あとホテルにいるのはミステリ・ウィークエンドの参加者だ。アーナックル夫妻、シンシアボックス夫妻、J・J・ニュートン夫妻、それ以外にも三十人はいるが、なにひとつ知らないので書きようがない。フィリス・デントン嬢とレジナルド・ジョーンズ氏は第一回のミステリ・ウィークエンド以来欠かさず参加しているが、サリー・インが気に入ったというよりも、ふたりが会いたいだけだとにらんでいる。

しかし宿泊客のことをこれ以上説明する必要はないだろう。ハウ先生が割り出した死亡推定時刻ではっきりしたことがある。メイプル氏を殺した犯人が午後七時、つまりおれが死体を発見する二十分から二十五分前に食堂にいた可能性はない。その時間にいなかった者は何人もいるかもしれないが、不在だったと断言できるのは自称フィル・ドウティだ。それに夕食を終えて食堂を出たところで、ドウティの言を信じるならドウティ夫人を見かけた。廊下でひとりきりで泣いていた。プレブル夫人がネイティヴ・アメリカンの武器を展示している陳列ケースの前で。すでに手斧が消えていたかどうかはわからない。ドウティがやけに熱心に手記を書いてほしいと頼んできた理由は、おそらくそこにあるのだろう。おれがどこまで気づいたかを知りたいのだ。本名かどうかは不明だが、ドウティは裁判で自分に不利な証拠として使われるときまで、手記を読むことはあるまい。

Ⅳ

ここでジェドの操出《くりだし》鉛筆の芯がなくなってしまったが、本日つまり一月十八日土曜日に起きた出来事の話はこれからだ。もっともジェドが替え芯をしまっている場所は知っているから心配ない。この手記はフィル・ドウティが約束した百ドルよりもはるかに高値で売れると確信している。

サリー・インは小高い丘に南向きに建っている。この地域の丘のうえの建物はおしなべてそうだが、冬季に積雪量が増えても、正面玄関と窓が雪に埋もれて凍結する可能性を最小限にとどめるためだ。本館には客室が六十室にバスルームが四室、食堂、図書室、娯楽室、ジェドがダンスフロアを増設した社交室があり、目立たない奥に従業員部屋と厨房が控えている。もちろんガラス張りのポーチもある。だが、この天候では快適な場所とはいいがたいだろう。ジェドはおれが納入した石炭に不満があるようだが、サリー・インを冬季に開業するのは初めてのことだし、夏ならばあの石炭でなんの文句もなかったはずだ。

本館の裏手のいくらか東寄りに、大昔にヴィンス・ホルブルックが建てた物置がある。ジェドは気に入らないので、とりこわして薪にして燃やしてしまいたいようだ。だがホテルは抵当に入っているので、おれの承諾なしにはなにひとつとりこわすことはできない。物置に関してふたりの意見が一致しないので、物置はいまもあるというわけだった。北側には大きな納屋兼家畜小屋があり、そこで馬を飼っているほか、使わないときは箱形そりや小型のそりをしまっている。そこまでは三十メートルほどの距離だったが、殺人が起こったのは物置だった。メイプル氏がどこかべつのところで殺され、おれが発見した場所まで引きずってこられたのでないかぎり。しかし、その可能性はまずなさそうだ。死体を動かすことはあるかもしれないが、一緒に手斧まで運ぶことはないだろう。

雪は昨夜から降りはじめ、今日はミステリ・ウィークエンドの参加者が到着する予定だというのに、朝には大雪になっていた。正面玄関に立って外を眺めながら、メアリー・フィッシャー嬢と話をしていたら、ジェドが現れた。親友の訃報を耳にしたような顔で、ブーツの雪を払い落としている。

「この調子で降りつづいたら、スキーやリュージュ、スケートを楽しむどころじゃありませんね。アイスホッケーならできるかもしれませんが、従業員総出で氷の雪かきをしても、この降りじゃ追いつきませんよ。なんてついてないんでしょう」

おれは声をかけた。「なんで困ることがあるんだ？　客には前払いしてもらってるんだろ。スキーやらなにやらは無理だとしても、できることをすればいいじゃないか」

ジェドはかぶりを振った。「ハンク、前払いしてもらっているからこそ、お客さまにウィンター・スポーツを楽しんでいただきたいんです。フィッシャーさんなら、わかってくださいますよね」

「わかりますわ、アシュミードさん」メアリー・フィッシャー嬢は例によって触れなば落ちんという風情で答えた。おれは反論した。「ウィンター・スポーツを楽しめないとしても、それはジェドのせいじゃないだろう」そこへフィッシャー嬢が口を挟んだ。「アシュミードさん、外よりもホテルのなかのほうが寒いことがあるようですね。暖房炉で燃やしているのは本当に石炭なんですの？」おれはその場を離れた。ジェドがおれの石炭についての意見を表明するのがわかっていたからだ。あの石炭は扱い方さえちゃんと心得ていれば、充分暖かくなるはずなのだ。それにしても、あのフィッシャー嬢が寒さに不満を漏らすとは。彼女が描くのは雪景色だけで、室外で長時間絵を描けるよう、従業員に風よけを作らせたくらいだった。描き終えた絵を見せてもらったことがある。空が黄色なのはそのとおりだが、影を青色で描いているのはいただけなかった。だから正直にそう伝えた。「フィッシャーさん、こんな雪は見たことがありません」答えはこうだった。「あら、お気の毒に」

それが一週間か十日ほど前のことだ。この大雪では、今日は絵を描くのは無理だろう。彼女が気に入っていた風よりも雪に埋まってしまった。ジェドはできるだけ早く掘りだすつもりだと約束していたが。

昼食はジェド、プレブル夫人、レーヴァリー夫妻、フィッシャー嬢、リーディ嬢、経理担当のクレア・リナベリー嬢、ハウ先生、おれという長期滞在者だけだった。列車が遅れたせいで、ミステリ・ウィークエンドの客が到着したころには暗くなっていた。この積雪ではそこかしこに吹きだまりができて、馬が通れないのではないかと心配したが、山ほどシャベルを積んでいったので、なんとか十キロ近く離れた駅までたどり着くことができたようだ。帰り道は立ち往生するたびに、客にも手伝ってもらって雪かきしたそうだった。今回の参加者は四十人近かったので、ジェドはひとりかふたり臨時雇いを増やして備えていた。さいわい、客は雪かきも一興だと感じてくれたようだ。もっとも雪かきを強いられたのは一台目の客だけで、二台目の箱形そりは一台目のあとをたどればよかった。

ジェドは熱いスープと淹れたてのコーヒーを無料で到着客にふるまった。そしておのおののチェックインが終わると、ジェドはいつもの演説を始めた。みなさんはひとつの大家族です。何度も自己紹介をする必要がないように、用意したカードに名前を書いてください、と。ジェドは自分の名前を書いたカードを下襟にとめ、まわりの人間にせっせと話しかけた。客もそれにならって名札を用意した。シンシアボックス氏は〈ドリー・シンシアボックス〉と書いた名札をつけ、夫人は〈ビル・シンシアボックス〉と書いた名札をピンでとめた。毎回これをやる者がいるのは、本人たちはおもしろいと思っているからだろう。とにかく一同それを見て声を揃えて笑った。その後は外に出て雪と戯れる者もいれば、おそるおそるスキーをする者もいた。三十メートルも離れるとホテルの建物が見えなくなったはずだが、そんな無茶をする者はいなかった。もしいたら、我々が発見する前に凍死していただろう。

ジョーゼフ・メイプル氏のことは印象に残っている。ウィンター・スポーツに興味があるのは圧倒的に若者が多く、ときには十代のこともある。しかしジョーゼフ・メイプル氏はまちがいなく四十をすぎていて、その年輩の参加者はめずらしかった。無論のんびり過ごすのが目的のハウ先生や、夫人に連れられてきたレーヴァリー氏など例外はいるが。ジョーゼフ・メイプル氏は細長い鼻が目立つ小男で、身体を震わせていた。どうやら寒い様子で、ホテルのなかでもコートを脱がずに襟を立て、〈ジョーゼフ・メイプル〉と書いた名札をつけていた。そしてドウティとおなじく街かと見紛うような格好をしていた。コートが短めだったので、その下のズボンが見えたのだ。

最初ホテルに入ってきたときは上機嫌に見えた。ところが三十分もたたないうちに、おれを隅に引っぱっていき、こういった。「シモンズさん（みんなとおなじように、おれも名札をつけていた）、いつになったら街に戻れますか？」

「明日だな。雪がやめば、だが」

「今夜、戻ることはできませんか？　きわめて重要な用件を忘れていたことを思いだしたんです」と重ねて尋ねられたが、「諦めるしかない、メイプルさん。今夜これからサリー駅を出発する列車はないんだ」と答えた。

彼はそれでも諦めなかった。「駅まで連れていってくだされば、それ相応のお礼はします」残念だが、おれはこう応じるしかなかった。「不可能なんだ。歩いていくのは無理だし、馬は疲れてもう動けない。スノーシューなら歩いていけるが、道に迷うのが落ちだな」そのとき、それが本名かは不明だがフィル・ドウティが現れ、声をかけてきた。「お初にお目にかかります、シモンズさん。はじめまして、メイプルさん。メイプルさん、テレマーク回転のやり方を教えてもらえませんか」メイプル氏はドウティに顔を向けただけで、なにも答えずにそそくさと離れていった。「ドウティさん（下襟の名札に〈フィル・ドウティ〉と書いてあった）、テレマーク回転を習得したいのなら、図書室に写真つきの本があるぞ」かねがね客には親切にしてくれとジェドから頼まれていたのを思いだし、おれは早速実行した。ところがドウティは「本を読んでも仕方ありません。メイプルさんに教えていただきたいんです」と答えた。メイプル氏は特にスキーが上手に見えるわけではないので、不自然だった。外でスキーに興じている若者たちに教えてもらえばいいのに、ドウティなる男はそんな簡単なこともわからないようだ。

　気づくとふたりの姿が見えなかったが、ロビーは人でいっぱいだったので、どこに行ったのかはわからなかった。そのとき、ある若い娘が目にとまった。おそらく十代で、コートを着ておらず、ウエストに花がたくさんついたかわいらしいドレスを着ていた。真っ赤な目をして、ハンカチを目に押しあてている。「はじめまして、ドウティ夫人」おれは挨拶した。名札にそう書いてあったが、娘は顔をあげなかった。「はじめまして、ドウティ夫人」もう一度声をかけると、娘は驚いたようにこちらを見た。「ああ、はじめまして、シ、シモンズさん」

「ドウティ夫人、温かいものでもいかがです？」

「い、いえ」夫人の返事はそれだけだった。

「ただですよ――サービスなんです。あれはコーヒー、あちらはスープです」

「ス、スープ！　フィルを探しているんです」

「ドウティさんのことでしたら、ついさっきまでここにいたんですが。わたしとメイプルさんと話をしていたんです」

「そうですか。ど、どこに行ってしまったのかしら」

　わからなかったので、こう答えた。「ドウティ夫人、見かけたら、あなたを探すように伝えますよ」実際にそうしたが、そのとき夫人はすでに部屋へ戻っていた。そして部屋ではさらに激しく泣きだした様子だった。ドウティ夫妻の部屋の前を通ったときに、「ねえ、フィル！」といいながら泣いている声が聞こえてきたのだ。たまたま通りかかったので、歩調を緩めてみたが、それ以外はなにも聞こえなかった。

その件については、ジェド・アシュミードの耳に入れておいた。「三十一号室は様子がおかしいぞ」と。三十一というのはドウティ夫妻の部屋番号だ。ジェドの返答は「ハンクの話を聞いていると、つねにどこかでおかしいことが起こっていますね。お客さまのことに首を突っこむものじゃありませんよ」だったので、そのとおりにした。

夕食はいつになく上出来だった。夕方とはちがう熱々のスープ、ジュージューと音をたてているミックスグリル、焼きたてのプラム・プディング。ピアノとフィドルが大学の応援歌を演奏し――書くのを忘れていたが、ジェドはフィドル弾きも雇っていた――みんなで合唱した。食事しながら、エール大学の《ボーラボーラ》や《ナッソーホールへ帰れ》を歌った。

おれはテーブルで一番早く食事を終えた。ジェドの口癖のとおり、新しい客を温かく迎えるため、長期滞在者はそれぞれちがうテーブルに散らばっていた。食事を終えて食堂を出たのは午後七時十五分か、遅くともせいぜい二十分だったろう。

「ハンク、そんなに急いでどうしたんですか？」ジェドが声をかけてきた。

「なんでもない」と答えたが、実はおなじテーブルの学生がふざけるのにうんざりしていた。それにドウティ夫人のことも気になっていた。ドウティ夫妻はどちらも食堂で見かけなかった。

ドウティ夫人は廊下にいた。プレブル夫人のネイティヴ・アメリカンの武器コレクションが陳列してあるケースの前だ。先ほどよりもさらに激しく泣いていた。

「ドウティ夫人！」

夫人は顔をあげてこちらを見た。

「ドウティ夫人、わたしは治安判事なので――」

「なんの話？」

「あなたに必要なものです。結婚式を執りおこなう資格がある――」

夫人は拳を握りしめた。殺されるかと怖くなるほどの形相でこちらをにらみつけている。「シモンズさん、ひどいことをおっしゃるのね！　抛っておいて！」

おれはいわれたとおりにした。

V

おれはホテルの外に出た。

雪はまだ降りつづいていたが、たいした問題ではない。降雪とは六十年近いつきあいだった。コートを着て出てみると、吹雪いていた午後ほど激しい降りではなかった。

あたりはすっかり暗くなっていたが、二階の客室の多くで灯油ランプを灯しているので、充分ポーチの屋根の積雪を確認できた。実はそのために外へ出てきたのだ。数年前の冬、まだ客がほとんどいなかったころ、東側のポーチの屋根が雪の重みで倒壊したことがあった。その改修には目の玉が飛びでるほどの金がかかったので、またおなじことを繰りかえしたくなかったのだ。

どこの屋根が頑丈かはわかっている――改修したのは東側のポーチの屋根なので、真っ先に反対側へ向かった。正面玄関の屋根を確認してから西側に向かうと、屋根の積雪は懸念したほどではなかった。そこは南西の方向にあたり、風は北東から吹いているからだ。

本館の西側を曲がると、真っ暗だった。まだ社交室のランプを灯していないせいだ。ポーチに近づき、窓からなかをのぞきこんだが、なにも見えなかった。本館のまわりをぐるりと点検してみようと決めたところで、また雪が激しく降ってきた。そのとき本館の明かり以外にも、北側の納屋のあたりもぼんやりと明るいのに気づいた。馬を飼っているほか、箱形そりや小型のそりを置いてある納屋だ。納屋の明かりがちらちらして見えるのは、雪の反射のせいもあるが、納屋のなかで馬の寝わらを敷いてやっているからだろう。

北側の屋根を確認すると、かなりの積雪で、早急になんらかの手立てを講じる必要があった。東側にまわると、屋根の積雪量が一番多かった。だがここの屋根は補修済みなので心配ない。無事見まわりを終え、建物内に戻ろうと正面玄関へ向かった。そのとき、北東の方向にくっきりとした光が見えた。

最初はなんの光なのかわからなかった。停電しているのに、その光は灯油ランプの黄色味を帯びた明かりではなく、電灯のような白っぽい光に見えたのだ。あいだに雪の吹きだまりがあるせいではっきりとはわからないが、明るいのは積もっている雪よりも高いところのように見えた。若い者たちは暗くなるとふたりで散歩するのを好むことも承知しているが、今夜はまともな人間なら野外でいちゃいちゃしようとは思わないだろう。とはいえ、今日びの若者がなにをしでかすかは予測がつかないし、凍死する懸念もある。「だれかいるのか？」と大声で呼びかけたが、返事はなかった。気楽に行ける距離ではなかったが、積もった雪をかきわけて物置へ向かった。二、三歩行ったところで、足跡が残っているのに気づいた。それもはっきりとした足跡が。おれの前に正面玄関からこの方向に歩いていった者がいる。もう一度大声で呼びかけてみた。「だれかいるのか？」物置の扉が開いているのが見えた。ジェドはいつもきちんと閉めていたし、南京錠の鍵を持っているのはジェドとおれだけだ。

物置のなかをのぞいた。床にはかなり雪が積もっていて、雪の上に懐中電灯が落ちていた。外から見えた光はこれだったのだ。点灯したままなので、懐中電灯は熱くなっていた。もっとも、すぐにこうしたことに気づいたわけではなく、最初は目が眩《くら》んでなにも見えなかった。懐中電灯がちょうどこちらを向いていたのだ。

もう一度「だれかいるのか？」と声をかけたが、返事はなかった。そこで懐中電灯を拾いあげて反対へ向けたら、雪の上に倒れているジョーゼフ・メイプル氏を発見した。顔は血だらけで、目を閉じていた。彼だとわかったのは、〈ジョーゼフ・メイプル〉と書かれた名札がコートにピンでとめてあったのもあるが、その細長い鼻に見覚えがあったからだった。

「メイプルさん！　怪我はひどいのか？」声をかけながら揺すったが、ぴくりとも動かなかった。そのとき、「だれか呼びましたか？」と叫ぶ声が聞こえた。

「助かった！　ハウ先生を呼んでくれ！　大至急だ！」とおれは叫びかえした。あれはフィル・ドウティの声だったように思う。あとでハウ先生に、おれが呼んでいると伝えたのはフィル・ドウティだったかを確認しておく必要がある。そのとおりだったら、それも証拠になるだろう。

それはともかく、ハウ先生はコートも着ずに飛んできた。「どうしたんだ、ハンク？」といいながら物置に足を踏みいれ、すぐに気づいた。「なんと！　ハンク、これはだれなんだ？」と尋ねたので、「メイプルさんだ」と答えた。ハウ先生は雪に膝をつき、さっきのおれとおなじように声をかけながら、メイプル氏の腕を揺さぶった。

そのうちジェド・アシュミード、フィル・ドウティ、レーヴァリー氏もやって来た。ジェドがいった。「ハンク、なにがあったんです？　メイプルさんじゃないですか！」

「おれにもわからない。屋根の積雪を確認するために、外に出てきたんだ。光が見えたから――」

「静かに！」ハウ先生がおれの言葉を遮った。メイプル氏のコート、上着、ベストのボタンをはずし、心臓の上に耳を押しあてている。

「どうですか、先生？」ジェドが尋ねると、彼は「静かにしてくれ！」と答えた。しばらくするとゆっくりと上体を起こし、ベスト、上着、コートのボタンをとめ、「メイプル氏は死んでいる」といった。

「なんですって？」ジェドが聞きかえした。

ハウ先生ははっきりと口にした。「彼は死亡しているといったんだ」

「まさか！」ジェドを皮切りに、みな口々に「まさか！」とつぶやいた。おそらくおれもおなじだったと思う。「恐ろしい事件が起きましたね！　そう思いませんか――ハンク？」フィル・ドウティがいった。ドウティがそう呼んだのは初めてなので、〈ハンク〉といったことははっきり覚えている。

「死因はなんです？　出血多量ですか？　肺結核患者は大量に血を吐くと聞いたことがありますが」ジェドが尋ねると、ハウ先生が口を開く前に、レーヴァリー氏が震える声で答えた。「ちがいますね。血液の色が異常です」だがおれの目には普通の色に見えた。

ハウ先生が「たしかに出血はかなりの量に――」と話しだしたが、おれは遮った。「出血多量の話の前に、これを見てくれ」懐中電灯の明かりを床に落ちている手斧へ向けた。死体からそれほど離れてはいないが、死体の向こう側なので気づきにくい場所にあった。

「まさか！」とジェドがつぶやいた。「まさか！」とハウ先生が続き、残る面々も「まさか！」と繰りかえした。「プレブル夫人の手斧です。ばれたら叱られますよ」レーヴァリー氏がいった。

ジェドが手斧を拾いあげようとしたが、ハウ先生が止めた。「指紋が残っているかもしれない」

「そうですね」ジェドは顎を突きだした。見覚えのある仕草だ。なにか考えごとをしているときの癖だった。「先生、死体を検分して、いつごろ死亡したのかを教えてくれませんか」

「もちろんだとも、ジェド」

ハウ先生はまたひざまずき、メイプル氏の両腕を持ちあげてそのまま落とした。それから両脚に手を置いた。たぶん感触をたしかめていたんだと思う。そのあとおれが持っていた懐中電灯を借り、メイプル氏の顔の上にかがみこんだ。瞼を持ちあげて目を見ていたようだが、なにをしていたのかはわからない。

ハウ先生は立ちあがった。「メイプル氏が亡くなってから、三十分から四十五分たっているな」

殺された人を見るのは初めてだったので、ハウ先生の声を聞きながら、おれはじっくりと死体を眺めた。そのあいだも、いつものように頭のなかであれこれ考えあわせていた。

「そうですか。それぞれの腕時計で時間を確認しましょう」ジェドが提案した。

ジェドの腕時計は七時三十五分、フィル・ドウティのは七時三十八分、おれのは七時三十五分、ハウ先生のは七時三十三分だった。レーヴァリー氏の時計は金の二度打ち《リピーター》時計で、時刻は十二時だった。彼の説明によると、十二時を打つ音を聞くのが好きなので、時計自体は壊れているが修理をしていないそうだ。レーヴァリー氏がボタンを押すと、小さな鐘が十二回鳴った。だが以前にも聴いたことがあるので、おれは聞きながした。

「七時三十五分。ということは、七時十分前から七時五分のあいだに殺されたことになりますね」ジェドがいった。

「そのとおりだ、ジェド」ハウ先生が答えた。

「犯人は不明ですが、凶器は手斧でまちがいないですね」

「検屍解剖してみないと、はっきりしたことはわからない」

「あっ、触ってはいかん」ハウ先生が大声をあげた。だが、だれかが制止する間もなく、レーヴァリー氏は手斧を拾いあげてしまった。素手でつかんだので、残っていた指紋を検出するのはまず無理だろう。

「プレブル夫人に返してあげようと思っただけですよ」レーヴァリー氏が釈明した。

ハウ先生はかぶりを振った。「唯一の証拠だったが――もう手遅れだ」

ジェドはレーヴァリー氏から手斧を引ったくった。「レーヴァリーさん、ここにいてはいけません。本館に戻って、きちんと口を閉じていてください。それができないなら、これで殴りますよ」

「レーヴァリー氏は強い口調で命じられると素直に従うのだ。「わかりました、アシュミードさん」と応じ、いわれたとおりに行動した。どうやら本館に戻る途中で時計のボタンを押したらしく、暗闇に小さな鐘の音が十二回響いた。それを聞いて、ぞっとしたのを覚えている。

ジェドは手斧をもとの場所へ戻した。「これが凶器であることは疑問の余地もないですよね、先生？」

「そう考えて問題ないだろう。確認のために検屍解剖は必要だが」

「検屍解剖の道具は持っていないんですか？」

「ああ」

「では、警察がやって来るまで、できることはなにもありませんね」

そこでフィル・ドウティが口を挟んだ。「電話は通じません。一時間前に電話しようとしたんですが、つながりませんでした」

「承知しています」ジェドはなにかを考えている様子で、しばらくその場を動かなかった。「吹雪がおさまるまで待つしかないでしょう。いま、ぼくらにできることはなにもありません。それはそれとして、そろそろ本館に戻りませんか」

おれとしても異存はなかった。物置は底冷えがするし、一番寒さが堪《こた》えていたのはおれだったはずだ。それほど厚手のコートではなかったし、その場のだれよりも長く雪のなかに突っ立っていたのだ。もちろんメイプル氏はべつだが、彼はもう寒さを感じない。

「法を守る市民として、できるだけ早く警察に通報するつもりです。しかし、事件のことをほかのお客さまにお知らせしなくても、特に害があるとは思えません。楽しい週末を過ごすためにいらしたんですから、それを台無しにする必要はないでしょう。賛成してくれますか？」ジェドが提案した。

おれの顔を見て話していたので、「賛成だ、ジェド」と答えた。ハウ先生も「同感だよ、ジェド」と応じ、フィル・ドウティは「みなさん三人はべつにして、それ以外のかたに話さないことには賛成です」と答えた。

ジェドは懐中電灯をフィル・ドウティに向けた。おそらく名札を探したんだと思うが、彼はコートを着ていたので、名札をつけていたにしても見えなかった。

ジェドが問いかけた。「失礼ですが――？」

「ドウティ、フィル・ドウティです」

「ご協力に感謝します、ドウティさん」

おれはますます寒さが骨身にしみてきた。「ジェド、メイプルさんの死体はどうするんだ？」

「ここに置いておくつもりです。凍結するでしょうが、気の毒にもう寒さは感じませんから。扉にしっかり鍵をかけておきます。それで問題ないですよね、先生？」

「それ以上の策はないだろう。証拠の保全という意味でも申し分ない」

「手斧に触ってしまったときには、もうすこしでレーヴァリー氏の首を絞めそうになりましたよ」ジェド自身は手斧に触らないように用心していた。懐中電灯もスイッチを切って、雪の上へ戻した。懐中電灯はロビーのフロントの奥に常備してあったもので、だれかがこっそり持ちだしたにちがいない。

物置の扉を閉めてから、ジェドが窓の明かりを頼りに南京錠のつるをはずした。もっとも彼ならば暗闇でも難なくできたにちがいない。ジェドは南京錠のつるを引っかけて扉の錠をかけ、何度も確認した。まちがいなく施錠してあった。何秒かその場を動かずにいると、社交室から音楽が聞こえてきて、ぞっとしたのを覚えている。

一同はぞろぞろと本館に向かった。

Ⅵ

オーナー室でふたりになると、おれはジェドに尋ねた。「なあ、だれがメイプルさんを殺したんだろうな」ジェドの返答は「ハンク、ふたりきりのときも、その話は明日にしましょう」だった。

おれはハウ先生にも尋ねてみた。彼は廊下の陳列ケースの前で、プレブル夫人のネイティヴ・アメリカンの武器コレクションを眺めていた。

「わからん」

「陳列ケースに触るなよ、先生。指紋が残っているかもしれない」

「指紋ならいくらでもあるぞ」陳列ケースは蓋がガラス製で、必要なら施錠もできるようになっていた。「ハンク、顔を傾けてガラスを見てみろ。光の反射で、無数の指紋がべたべたついているのがわかるだろう。みんなコレクションをのぞきこむときに、意識せずに手をついて、指紋を残しているんだ」

見てみたら、そのとおりだった。

「先生、手斧がなくなっている。気づいてたか？」

「ああ、気づいていた」

おれは社交室に移動した。大勢がダンスに興じていて、そのなかにドウティ夫人もいた。みんなとおなじように、笑顔で踊っている。ついさっきはあんなに泣いていたのに、奇妙だと感じた。そのとき音楽が終わり、三、四人の男が夫人をかこんだ。それもまた奇妙だった。

レーヴァリー氏もいた。視線が合うと、口に両手をあててウィンクしたかと思うと、足早に姿を消した。

メアリー・フィッシャー嬢もダンスしていて、ジェドが現れると一緒に踊った。

当初フィル・ドウティの姿は見かけなかったが、ひとまわりしてくると、戸口からなかをのぞいていた。とりまきにかこまれている夫人を見たら嫉妬を感じるだろうと思ったが、彼は夫人には目もくれなかった。おれに向かって目配せするので近づくと、「お願いがあるんです」というので、オーナー室に移動した。そこならふたりきりで話せるからだ。

これがおれの知っているすべてだ。午後八時からいままでずっと書いていた。ジェドが替え芯をたくさん持っていて助かった。メイプル氏を殺した犯人はわかった。立証もできると思う。この手記は明朝まで机の引き出しにしまっておくつもりだ。

懸賞金がついたら、おれがもらえるのはまちがいない。

これだけの量の文章を書いたんだから、もらうのは当然だろう。

アシュミード氏の指示どおり、シモンズ氏の手書き原稿をタイプライターで清書しました。この原稿はシモンズ氏が行方不明になったあとで、アシュミード氏の机で見つけたものです。

綴りのまちがいと、すべてではないですが、文法上のまちがいも一部修正しました。

いまの時刻は一月十九日日曜日の午前十一時です。シモンズ氏が行方不明になって十二時間以上になります。

（自筆署名）クレア・リナベリー

第2章　H・W・ハウ医師の手記

速記で書きとるのかな、リナベリーさん？　では始めようか……速すぎたらそういってくれ。もっとゆっくり話すから……葉巻を吸ってもかまわないだろうか？

ジェド──アシュミード氏から、この事件について知っている事実を記録に残すように頼まれた。

今朝の話から始めよう。一月十八日日曜日……えっ、今日は十九日だったか？　カレンダーに書いてあるなら、それが正しいんだろう。十九日に修正してくれ。

目は覚めていたが、まだベッドに横になっていたら──今朝のことだ──ドアをノックする音が聞こえた。わたしの部屋は八号室だ。リナベリーさんはご存じだが、記録に残しておいたほうがいいかと思ってな。正面側の南向きの部屋だ。

「どうぞ」わたしは声をかけた。

ノブがまわるのが見えたのに、ドアは開かなかった。普段はドアに鍵をかけないのだが、昨夜は施錠した。その理由は説明の必要もないだろう。それなのにドアに鍵をかけたことをすっかり忘れていた。

わたしは鍵を開けた。

ジェド――アシュミード氏だった。

わたしが話しているときは自分を、話し相手のときはリナベリーさんを指すことにしよう。あなたならすぐに理解してくれるはずだ。

「どうぞ」わたしはいった。

ジェドは室内に入ってきた。「おはようございます、先生」ジェドはいった。ほら、わかりやすいだろう？

「おはよう、ジェド」

「よく眠れましたか？」

「殺人犯がうろうろしていては眠れないだろうと心配したが、そのわりにはよく眠れたな。天気はどうだ？」

「雪が降っています」

「昨夜のような？」

「それほどひどい降りじゃありません」

窓の外を見ると、かなり雪が積もっていた。時計に目をやると、あとすこしで午前七時だった。

ジェドは部屋を横切り、隣に並んで窓の外を眺めた。「この調子で一日中降ってくれるといいんですが」

わたしはそれを聞いて驚いた。「どうしてだ、ジェド?」

「雪がやんだら、警察を呼びに行かないといけませんからね。今朝、エド・ピーターズならスキーで行けるかもしれないと考えたんですが、サリー駅までたどり着いたところで、たいして事情は変わりません。ここの電話が不通ということは、駅も同様です。そのうえこの大雪では、列車も運行中止でしょう」

リナベリーさん、エド・ピーターズは様々な雑役を担っている男だと附記したほうがいいだろう……済んだかな?

ジェドの話は続いた。「雪で動きがとれないのはさいわいでした。警察がやって来たら、お客さま全員に厳しく尋問するでしょう。できればそれは避けたいんです。知性あるふたりの人物が――先生とぼくです――知恵を寄せあえば、事件を解決できるんじゃないでしょうか」

「そうだといいがな、ジェド」

「先生」またジェドのセリフだ、リナベリーさん。「いくつか質問があります」

「なにも隠してなんぞいないぞ、まったく!」

「あとで全員――昨夜、物置にいた全員にオーナー室へ集まってもらい、細部を確認するつもりです。その前に、ふたりきりで話をしたかったので」

「話をしながら着替えてもかまわないか？」

「もちろん、どうぞ」

パジャマのままだったのでね、リナベリーさん。ジェドの質問に答えながら、わたしは着替え、ひげをあたった。

最初の質問はこれだった。「ジョーゼフ・メイプル氏について、なにかご存じですか？」

「死亡したことを知っている」

「それ以外になにかありませんか？　たとえば、昨日より前に名前を聞いたことがあるとか？」

「いや」

「ぼくもおなじです……先生、彼がホテルに入ってくるところを見ましたか？」

「入ってくるところを見たかだって？　ああ、見たとも」

「そのときの様子を教えてください。チェックインのときに会っているはずなんですが、あのときは大勢いたので、まったく記憶に残っていないんですよ」

「ホテルに入ってくるところを見た」

「入ってきたときから見ていたんですか？」

「ああ、見ていた」

「なにか注目する理由でも？」

「目立っていたからな。ほかの客とは全然ちがった。服もそうだし、年齢も離れていた」

「話をしましたか？」

「話をしたかって？　ああ。カードが配られると、彼は名前を書いてコートにとめた。そのとき名前を見たんだ。近づいて、〝はじめまして、メイプルさん〟と挨拶した。彼は握手をして、コートにつけたわたしの名札を読んだらしく、〝はじめまして、ハウ先生〟といった」

「それから？」

「なにか雪のことを話した覚えがある――天候とか、スキーとか。正確なところは覚えていないが」

「彼がどんな返事をしたかは覚えていませんか？」

「スケートが好きだといっていた気がする」

「スケート靴を持参したといっていましたか？」

「ジェド、それは記憶にないな」

「荷物をあらためたんですが、スケート靴はありませんでした」

「どんなものがあったんだ？」

「ごく普通の身のまわりのものです。ひげそり道具、シャツ、靴下、替えの下着。新聞も何紙かありました。奇妙なのは、下着が絹なんです。靴下もそうでした――先生とおなじですね」

「それのどこが奇妙なんだ？」

「先生、普通はウールを用意するものじゃありませんか？　スケートを楽しむつもりなら、絹の下着や靴下を持ってくるでしょうか」

リナベリーさん、ちゃんと書きとってくれたかな？　これはとても重要な点だと思う。ジェドにもそう伝えた。わたしはスケートをしないし、屋外に出るときは厚手のアルスター・コートを着るから、その下になにを着ていようと問題はない。しかしメイプル氏がスケートをするつもりだったのなら、それにふさわしい下着を持参するはずだが、そうではなかった。

それ以外にもメイプル氏と話をしたかとジェドに尋ねられたが、彼と話したのはそれだけだったと思う。客のなかをまわって、〝はじめまして〟と挨拶して握手する。リナベリーさんもそうしているわたしの姿を目にしたことがあるだろう。相手がだれだろうと、それほど多くを話すことはない。相手の気分をほぐすために、天気の話をするくらいだ。

ジェドは尋ねた。

「そのあと、メイプル氏を見かけたのは？」

「亡くなったあとだ」

「それまでは見かけてないですか？」

「ああ」

「死体を見て、メイプル氏だとわかりましたか？」

「彼だとわかったか？　どうだろう、ちょっと考えさせてくれ」リナベリーさん、そのときジェド――アシュミードさんにどう答えたか、正確に再現しているんだ。「うん、彼だとわかったな。顔だけではわからなかったかもしれないが、その前に名札を見ていたので、ふたつの情報を合わせて彼だとわかったんだ」

「それは死んでいると発表するより前ですか？　それともあとのことですか？」

「どちらともいえないな、ジェド。様々な情報を総合してわかったんだ」

「死んでから三十分以上たっているといっていましたね。そう判断した根拠を教えてください」

「死後硬直の度合いを確認した。目を見て――」この詳細は必要ないだろう、リナベリーさん。省略しよう。

「先生、手斧を見ましたよね」

「ああ」

「血痕はついていましたか？」

「記憶にないな。どうしてそんなことを訊くんだ？」

「ぼくも覚えていないんですよ。雪の上に落ちていて――」

「それはわたしも覚えている」リナベリーさん、邪魔が入ったせいなんだよ。

「レーヴァリー氏が拾いあげてしまったので、その手からとりあげて」――話しているのはジェドだ――「記憶にあるかぎりもとの場所の近くへ戻しました。しかし血痕があるかどうかは確認しなかったんです」

ジェドの質問終わり。わたしは答えた。「凶器が手斧なのはまずまちがいないだろうが、検屍解剖をしてみないと確定はできないな」

ジェドが尋ねた。「頭に傷がありましたか?」

「おそらくあったろう。顔が血だらけだったからな」

「傷を見ましたか?」

「いや、探さなかった」

「どうしてです?」

「ジェド、わたしはなによりもまず先に死亡を確認したんだ。心臓に耳を近づけたが、鼓動は聞こえなかった。肌に触ったら、冷たかった。目を見ると——」すまない、リナベリーさん。死亡を確認したとだけ書いてくれればいい。

「先生、質問すればするほど、ますますわけがわからなくなってきました」

「ジェド、みんなで話しあえば、もうすこし状況がはっきりするんじゃないか」

「そうだといいんですが、先生。がんばってもなにもわからないのかもしれません……メイプル氏はどうして殺されたんでしょう?」

「わからない」

「犯人はどうして殺したいと考えたのか」

「見当もつかないな」

「事故の可能性はないでしょうか」

「まずないだろう」

「先生、怪しいのはだれだと思います？」

「まったくわからん」

「自分でやった可能性はないでしょうか」

「それもまず考えられないな、ジェド」

「つまり犯人の可能性がある人物は大勢いるわけですね」

「五十人じゃきかないだろう。我々もふくめ」リナベリーさん、あなたも容疑者だ。わたしも同様だし、ジェドもそうだ。サリー・インにいる健康な肉体を持つ人物は、男女を問わず全員が容疑者となる。

「先生、いまだに現実に起きた事件だとは思えないんです」ジェドがいった。「悪い夢を見ているような……先生、昨夜、ぼくと一緒に物置にいました？　ぼくとおなじものを見たんでしょうか？」

「そうだよ、ジェド」

ジェドは動揺している様子だったが、無理もない。

ひげそりと着替えを終えたので、わたしたちは朝食をとるために階下《した》へ向かった。

わたしたちは食堂にやって来る客を眺めた。

ジェドがささやいた。「先生、このなかのだれが殺したのかわからないわけですね」

「それはちがう」

「仮の話ですが、ハンクが犯人かもしれません」

「ちがうんだ」

「なにがちがうんです？」

「メイプル氏が殺されたのは、死体が発見される三十分から四十五分前だ。ちょうどその時間に、三メートルと離れていない場所で食事をしているハンクを見た」

「事件が起こった時間ということですか？」

「そうだ」

「それは重大な問題です」

「ああ、ハンクにとっては重大な問題だ」

「犯人が午後七時に食堂にいたはずはありませんからね」

わたしは訂正した、リナベリーさん。「ジェド、正確にいえばそれもちがう。六時五十分にメイプル氏を殺せば、七時前にテーブルにつくこともできた。だが六時四十五分から七時十五分のあいだ、ずっと食堂にいるのは不可能だ。ハンクがその時間ずっと食堂にいたことは誓ってもいい」

「ハンクを疑っているわけじゃありません、先生。例として名前を出しただけで」

「わかっている」

ジェドは食堂に入ってくる客を眺めていた。ひとりかふたり、多くてもせいぜい三人連れだった――大雪のせいで人数が少ないのだろう。みんな八時か九時まで寝坊するつもりなのだ。ジェドがささやいた。「昨夜、スキーをしていたのはだれかわかりますか？」

「いや、よく覚えていないな」

「彼らは雪だらけでした。雪が溶けると服が濡れるので、夕食の前に部屋へ戻って着替えてきたんでしょう。食堂に現れたのは七時十五分を過ぎていました。十人ほどいましたね」

「一緒に現れたのか？」

「いえ、ばらばらでした」

「そのメンバーの顔は覚えているのか？」

「いいえ」

「その線も行きづまりか」

「先生、朝からそんなことばかりという気がします」

ジェドはコーヒーのおかわりをし、話を続けた。「昨夜、食堂でレーヴァリー氏を見かけましたか？」

「記憶にないな」

「長い時間いるわけじゃないですからね」

「ああ」リナベリーさんもご存じだろう、レーヴァリー氏がグラハム・クラッカーと牛乳しか食べないことは。

「レーヴァリー氏は心の病を患っています。彼の犯行という可能性もありますね」

「ああ」

「ただ、可能なのかという疑問はありますが。先生はどう思います？」

「ジェド、わたしは彼の主治医ではないから、意見を述べることはできない」

「どうしてです？」

「医者の良心にもとる行為なんだ」

「一般論でかまいませんから」

「あくまでも一般論だが、心の病を患う者にできないことはほとんどない」

「動機のあるなしに関係なく？」

「そもそも我々が考える動機と、彼が考える動機はおなじではない」

ジェドはまじまじとわたしを見た。「先生、ただの娯楽として人を殺すこともありえますよね」

「そうした事件は何度となく起きている」

「ええ」

わたしはしばらく考えていた。「ジェド、これがすこしでも慰めとなればいいんだが、手斧にはべったりとレーヴァリー氏の指紋が残っている」

ジェドは笑顔になった。というのは昨夜物置で、我々が制止する間もなく、レーヴァリー氏が手斧を拾いあげてしまったんだ。そのとき突然ジェドの顔から笑みが消え、深刻な表情に変わった。「先生、レーヴァリー氏が犯人だとすると、言い訳に使うつもりでもう一度手斧に触ったのかもしれません。なにしろあのとき触ってしまったのを全員が目撃していますから、彼の指紋が残っていても問題になりませんからね！　先生、その可能性は考えましたか？」

「考えもしなかったが、いい点を突いているな」

「先生、レーヴァリー氏は計画的にそうしたんでしょうか？」

「医者としての意見をいうと、精神異常者の思考を理解するのは難しい」

「彼は精神異常者じゃありませんよ」

「精神疾患を抱えているのは事実だ」

「そうですね」

「精神疾患を抱える患者はなにも考えていないのかもしれないし、すべてを考慮しているのかもしれない。とにかく思考の過程が我々とはちがうんだ」

「つまりレーヴァリー氏ならやりかねないと？」

「ジェド、そうはいっていない」

「なるほど！　昨夜七時に彼がなにをしていたのか、たしかめるつもりです」

わたしは賛成した。「実は、全員について調べるつもりだった」

ジェドはしばらく考えこんだ。「ハンクが朝食に現れないのは妙ですね。いつもは一番乗りなのに」

「昨夜、夜更かししたせいだろう」

「そうなんですか？」

「物置から戻ってきたあと、オーナー室で遅くまで書き物をしていたからな」

「なにを書いていたんです？」

わたしは説明した。

ジェドは口笛を吹いた。「事件の手記を書いていたんですか？」

「本人はそういっていた」

「普段は午後九時には寝ています」

「昨夜はちがったんだ」

「ハンクにとっては忘れがたい晩だったでしょうね！　考えてみてください、先生。コネティカット州のサリー——特筆すべきことなど起きない村——で過ごした六十年間。そこへ突然降って湧いた驚愕の事件！　なにを書いたのか、読んでみたいですね」

「降りてきたら、見せてもらえばいい」

ジェドは笑った。「ハンクはその手記をどうしたんでしょう？　まさかベッドでも抱いていたとか？」

「どうだろう。きみの机の引き出しにしまっていたのは見たが。鍵をかけていたな」

ジェドはまた声をあげて笑った。「すべての合い鍵を持っているんです、ハンクは。オーナーはぼくですが、抵当権を持っているのは彼だということを忘れさせてくれません。先生、もうすこし待ってもハンクが現れなかったら、手記を探して読んでみます。あの偏屈《へんくつ》なじいさんの意見を知りたいですね」ジェドはそこで言葉を切り、肘でわたしをそっとつつくと、小声で尋ねた。

「いま入ってきた男をご存じですか？」

そちらに目を向けると、ドウティ氏がいた。わたしも小声で答えた。「ああ。昨夜、物置にいたな」

「七時に食堂にいましたか？」

「わからない」

ドウティ氏は食堂に入り、だれかを探しているのか、きょろきょろあたりを見まわした。我々は離れた隅にいたので気づかなかったようだ。ドウティ氏はなかほどのテーブルにいる娘を見つけ、そちらに歩いていった。

ジェドがささやいた。「昨日、夕食をとっていたとしたら、どうして自分の席を知らないんでしょう」

わたしは答えられなかった。

ドウティ氏は娘とおなじテーブルに座った。娘は食事を続けたまま、顔もあげなかった。ドウティ氏は笑いかけたが――わたしたちふたりともそれを目撃した――娘は皿を見つめていた。

観察していると、ウェイトレスがドウティ氏の朝食を運んできた。シリアル、卵ふたつ、トースト、焼いたハム、小さなステーキ、ワッフル、ポテト、それにコーヒー。

「ずいぶんと空腹のようだな」わたしはつぶやいた。

ジェドはさらに声を落とした。「昨夜、ここで食事をしていたら、そんなに腹が減るでしょうか」

わたしはそれにも答えられなかった。

ジェドが立ちあがった。「先生、オーナー室へ行きましょう」

出口に向かって歩いていったが、ドウティ氏は食事に夢中で我々には気づかなかった。おなじテーブルの娘と会話すらしていなかった。ただひたすら腹に詰めこんでいた。

Ⅲ

ジェドはどの引き出しにハンクの手記が入っているのかと尋ねた。

わたしは手で示した。

ジェドが引き出しの鍵を開けると、大量の手記が伏せてしまってあった。

「ジェド、読むつもりなのか？」わたしは尋ねた。

手記はかなりの枚数があった——それはひと目で見てとれたが、ジェドはまた引き出しの錠をかけた。「ハンクの許可をもらうまで、待つことにします」

ジェドはボーイを呼び、オーナー室へ来てほしいとハンクに伝えるよう命じた。

「先生、ハンクは教養ある人物とはいえないでしょう。しかし目ざといので、なにかに気づいたかもしれません」

「手記の枚数を見たかぎりでは、すべてのことを把握していそうだな」

ボーイが戻ってきた。ハンクは部屋にいなかった。食堂ものぞいてみたが、そこでも見つからなかったそうだ。

レーヴァリー氏とドウティ氏を見かけたらオーナー室へ寄ってほしいと伝えるよう命じ、ジェドはボーイを下がらせた。それからわたしに顔を向けたが、しばらく考えこんでいた。「先生、ハンクはすべてを把握していないんじゃないでしょうか？　つまり、いまも探偵よろしく調べていて、手がかりを追うのに夢中で朝食どころではないのでは？　ありそうな話だと思いませんか？」

「ああ、きっとそうだ。ハンクが幸運に恵まれるといいが」

リナベリーさん、わたしは正義を信奉しているから、それは本心からの言葉だった。

ジェドは指で机をこつこつと叩いた。

「ジェド、ハンクの手記を読みたい」

彼はかぶりを振った。「急ぐ必要はありませんし、これはハンク個人の財産です。ミスター守銭奴が現れるのを待とうではありませんか！」

そこへレーヴァリー氏がやって来た――続いて夫人も。

リナベリーさんも夫人のことはよくご存じだろう。わたしよりも長いつきあいだ。以前ジェドが、夫人は流るるがごとしの弁舌の才能を神から与えられたと評していた。流るるがごとしの部分は賛成だが、どこから与えられた才能なのかは同意しかねるな。夫人はいまリナベリーさんが座っている椅子に腰かけた。レーヴァリー氏は立ったまま、笑顔で親指をくるくるまわし、嬉しそうに笑った。夫人は今朝も自信たっぷりだった。

レーヴァリー氏は夫人に隠しごとをしていて、その内容を教えてくれないが、夫人は夫婦たるもの秘密を持つべきではないという意見で、夫人も一度たりとも隠しごとをしたことはなく、レーヴァリー氏が隠しごとをするのも初めてのことで、ジェドが洗いざらい事情を説明してくれなければ、愛情盗取、外海での叛乱、第二種放火、風紀紊乱《びんらん》行為で訴訟を起こすと、夫人はすさまじい勢いでまくしたてた。机の大きな時計を見ていたら、夫人の第一声は八時二十八分から三十七分まで、都合九分間も続いた。

レーヴァリー氏はひと言も発しなかった。ただそこに立っていた。

息をするために夫人の言葉がとぎれたタイミングを逃さず、ジェドが口を挟んだ。「レーヴァリー夫人、ご主人にいくつか質問したいんです」

「あたしが答えます」夫人の演説が始まった。「あたしは法的にも認められた妻ですから。死がふたりを分かつまで、尽くし、助け、慈しみます。病めるときも健やかなるときも、良きときも悪しきときも――」

「レーヴァリー夫人、静かにしてください！」

ジェドがこんなにはっきりいうとは思わなかった。ジェドの言葉はもちろん予想外だったが、それが功を奏したことにはもっと驚いた。

「レーヴァリーさん、メイプル氏について知っていることを教えてください」

彼はにっこりとした。ジェド、続いて夫人、そしてわたしへと順々に顔を向けたが、言葉は発しなかった。

ジェドはおなじ質問を繰りかえした。

レーヴァリー氏は楽しそうに笑った。「アシュミードさん、昨晩の言葉を忘れたんですか？」

「なんのことですか？」

「口を閉じていないと、殴り――」

夫に最後までいわせず、また夫人がしゃしゃり出てきた。「アシュミードさん、主人のことを脅したんですか？　隠しているのはそのことかしら。どうしてそんなひどいことを？　あなたは体格もよくて健康ですけど、うちの主人はかわいそうな病人なんですよ。もしも殴ったりしたら、損害賠償を請求する訴訟を起こして、あなたをこのホテルから追いだしてやります！」

このときジェドは静かにしろとはいわなかった。ただ黙ってにらみつけていた……。

ジェドがもう一度質問を繰りかえすと、レーヴァリー氏は内気な子供のように両手を顔にあて、笑顔でウィンクした。

「レーヴァリーさん、初めてメイプル氏を見かけたのはいつでした？」

「一度も見かけていません」

「殴るつもりはありませんよ、レーヴァリーさん。最初にメイプル氏の名前を耳にしたのは？」

「一度も耳にしていません」

ジェドはやけくそという表情で続けた。「レーヴァリーさん、昨夜七時にはなにをしていましたか？」

レーヴァリー氏の答えはこうだった。「陪審員のみなさん、昨夜七時には高翼機で大西洋を飛んでいました」

一同、飛行機の真似をするレーヴァリー氏を見た。あまりにも意表外の言葉に、笑う者もいなかった。ジェドが「そうなんですか？」と短く問いかけると、レーヴァリー夫人がかわりに答えた。「主人がそういうなら、それが真実なんです。うちの主人はたしかに変わっているかもしれませんけど、嘘だけはついたことがありません」

ジェドが今度は夫人に尋ねた。「その時間、あなたはなにをしていましたか?」

「あら、答えなければいけないのかしら、アシュミードさん。いいわ、答えてあげましょう。よく聞いていてくださいね。主人の隣で陸地を探していました!」レーヴァリー氏はブーンといいながら、肩の高さで両手をばたばた動かして部屋を旋回した。夫人が声をかけた。「あなた、空港が見えたわ! エンジンを切って! そう! 一度ゆっくりと旋回しましょう! さあ、高度を落として! もっと! 減速して! もっと! 横滑りしないよう、ブレーキをかけて! エンジンを逆推進! 止めて! おみごと!」夫人は我々に顔を向けたが、にこりともしなかった。「文句のつけようがない三点着陸でした!」

とにかく、レーヴァリー氏の情報は参考にならないことがはっきりした。だがジェドは思いつくまま、レーヴァリー氏に質問をぶつけた。「レーヴァリーさん、今朝シモンズ氏を見かけましたか?」

レーヴァリー氏は室内を旋回するのをやめ、今度はシュッシュッポッポッと機関車の真似を始めた。「シモンズさんについては、口を閉じておくようにいわれていませんよね?」

「ええ、ひと言もいっていませんよ」

「今朝は見かけていません」

「どこにいるかご存じですか?」

「もちろん」

「知っているんですか？　どこにいるんです？」

「外には出ていません」

「どうしてです？」

「大雪のせいで、スノーシューを履かないと歩けませんが、彼はスノーシューがきらいでした。ぼくのを試してみるのもいやがったんです」

「続けてください」

「ホテルのなかにいます」

「どうしてわかるんですか？」

「ほら、彼のコートがそこにかかっていますから！」

　そのとおりだった。リナベリーさん、ほら、いまもそのままかかっている。ジェドもわたしもそのことに気づいていなかった。

　レーヴァリー氏がエンジンをかけているような低い声をあげた。夫人がすかさず任務を遂行した。「あなた、減速して！　減速！　高度は零！　格納庫まで滑走しましょう！」

　両手をひらひらさせ、夫人と一緒に滑走しながら部屋を出ていくレーヴァリー氏を、我々は黙って見送った。

わたしは腰を下ろした。どうにも笑いが止まらなかった……。

不謹慎だということは承知していた。殺人事件が起きたばかりで、すぐそこの物置には殺された遺体があるのだ。だが、どうしても我慢できなかった。

レーヴァリー夫妻がドアを閉める前から、ジェドはハンクの手記をとりだして読みはじめた。

「どうして突然気が変わったんだ？」わたしは尋ねた。

「その理由はふたつあります」ジェドはものすごい速さで読みすすみ、顔もあげずに答えた。「実はハンクには恥ずべき悪癖があるんです。人のことを詮索するのが好きで、しょっちゅう盗み聞きをしているんですよ。よからぬ行為を探して、忍び足で廊下を歩きまわっているんですが、ハンクにかかると、なんでもないことまでよからぬ行為になってしまうんです。ホテルにいるのに朝から姿を見かけないとなると、ミステリ・ウィークエンドでやって来たたくましいスポーツマンと揉めて、殴られたのかもしれません。そうなったとしても、彼の場合は自業自得ですが――となると、今日は姿を現さないでしょう。しかしぼくとしては、雪のために客が足止めされているうちに、できるかぎりの情報を集めたいんです」

「もうひとつの理由は？」

「先生、怖がらせるつもりはありませんが、このホテルのどこかに殺人犯が隠れているわけです。そしてぼくの知るかぎりでは、ハンクはなんの武器も持たずに犯人を追っています」

ジェドは最後まで読むと、手記をまとめてわたしに手渡した。

わたしも手記を読んだ。「ハンクはドウティ氏を疑っているようだな」

「やはりそう思いますか」といったのはジェドだ、リナベリーさん。「ハンクがドウティ氏を疑っているのはまちがいないでしょう。しかもそれだけではありません。犯人だと立証するまであと一歩のようです。そうなるとあと必要なのは、証人立ち会いのもとで告白させることです。ハンクの手記を読むと、手がかりがつぎつぎと現れたようですね。それぞれ個別には深い意味などないように思えますが、すべてを考えあわせると重大な意味が浮かびあがってきます。ドウティ氏はメイプル氏に話しかけました。どうして？　まわりにいるべつの人物のほうが詳しそうな件について尋ねました。なぜ？　夕食に現れませんでした。そしてドウティ夫人はずっと泣いています。夫人はネイティヴ・アメリカンの武器の陳列ケースのそばにいました。夫が手斧を持ちだすのを目撃したんでしょうか。それをなにに使うつもりかを知っていたんでしょうか。ハンクが助けを求めたとき、それにすぐさま応じたのはドウティ氏でした。どうして夜のあんな時間に、それも雪が降っていたというのに、外にいたのでしょう。先生、物置で呼んでいると伝えたのはドウティ氏でしたか？」

「そうだ」

「すべてが合致します。このときもドウティ氏、あのときもドウティ氏、いつもドウティ氏がいるんです！　我々が気づかなかったことも、ハンクは見逃しませんでした。ドウティ氏は手記を書いたら百ドル払うとハンクに申し出ました。どうしてか？　ハンクの推測はいいところを突いている、つまりドウティ氏はハンクがなにに気づいたかを知りたかったんじゃないでしょうか」

「そういわれると――」

「先生、彼が犯人だと思いますか？」

「信じたくはないがな、ジェド。好青年じゃないか」リナベリーさん、わたしがそういったと同時に、ドウティ氏が現れたんだ。いかにもやましいところがありそうな表情で、これから起こることを予想している様子だった。

わたしは自分の目を疑った。昨夜会ったとき、やましそうな様子などみじんもなかったことを記録に残しておきたい。ところが突然、不機嫌で、へそ曲がりで、愛想のかけらもない、感じの悪い青年に変貌してしまったのだ。

ドウティ氏は不満そうな声で挨拶した。「おはようございます。なにか用があるそうで」警戒していることはひと目で見てとれた。

「ええ。どうしてこんなに時間がかかったんですか？」ジェドが尋ねた。

「忙しかったので」

「なにをしていたんです？」

「食事です」

ジェドとわたしは顔を見合わせた。リナベリーさん、ここでジェドは速記ができるあなたを呼びに行かせ、会話を書きとるよう頼んだ。ハンクの手記には我々が気づかなかった細かな事実が記されていた。この会話の記録も残しておけば、なにかを見落とす心配がないだろうと考えたんだ。

ここまでタイプするのが終わったら、リナベリーさんの速記記録を続けてタイプしてもらいたい。

アシュミード氏：リナベリーさん、ハウ先生とぼくがこの男性に質問をするので、それを書きとってください。彼の答えもです。

ドウティ氏：なんですか？　なにが始まるんです？　まさか厳しく尋問するとか？

アシュミード氏：とんでもありません、ドウティさん。

ドウティ氏：自分に不利な証言はしなくていいんですよ。

アシュミード氏：もちろんです、ドウティさん。

ドウティ氏：ぼくがメイプル氏を殺したと思っているんですね。

アシュミード氏：ちがいます。どうぞ座ってください。

ドウティ氏：そこに置いてある紙の束はなんです？

アシュミード氏：その話はあとにしましょう。

ドウティ氏：　ぼくが前払いした手記だったら、それはぼくのものですよ。
アシュミード氏：ドウティさん！
ドウティ氏：　どうしてハンクはぼくに渡してくれなかったんでしょう。金を払ったのはぼくなのに。
アシュミード氏：二十ドルはお支払いします。
ドウティ氏：　それを売るつもりはありません。
アシュミード氏：座ってください、ドウティさん。
ドウティ氏：　いったいどういうことなんです？　無駄に二十ドルを払わせられて、そのうえ殺人犯だと疑われているようですね。ハウ先生、あなたもぼくが犯人だと思っているんですか？
ハウ先生：　ドウティさん、あなたがなにか罪を犯したと疑っているわけじゃないんだ。
ドウティ氏：　とてもそうは思えませんが。ふたりがかりであれこれ尋問し、ぼくの答えを記録するために速記者が控えているんですから。
ハウ先生：　ドウティさん、お願いだから、とりあえず腰を下ろしてくれないか。
ドウティ氏：　立ったままでも質問に答えることはできますよ。
アシュミード氏：わかりました。では、立ったままで結構です。
ドウティ氏：　やはり座ることにします。

アシュミード氏：正確な名前を教えてください。
ドウティ氏：ドウティ——フィリップ・フェニモア・ドウティです。
アシュミード氏：住所は？
ドウティ氏：ここです。サリー・インです。
アシュミード氏：ニューヨーク市の住所を教えてください。
ドウティ氏：特に決まっていません。つねに移動しているので。
アシュミード氏：では、昨日まではどこにいましたか？
ドウティ氏：それを教える義務はありません。
ハウ先生：教えたくない理由でもあるのか？
ドウティ氏：わかりましたよ、先生。リッツに滞在していました。
アシュミード氏：ドウティさん、嘘をついてもいいことはありませんよ。
ドウティ氏：嘘なんてついていません。そこに電話があるんですから、リッツに電話して確認したらどうです？
アシュミード氏：電話は通じません。
ドウティ氏：それは知りませんでした。
ハウ先生：ドウティさんは知っていたはずだ。シモンズ氏の手記のなかに、電話をかけようとしたがつながらなかったと、きみがいっている場面があった。

ドウティ氏：　それはないでしょう、ハウ先生。友人だと思っていたのに。
ハウ先生：　ドウティさんの友人のつもりだよ。だが、きみは本当のことを話すべきだ。
ドウティ氏：　だれも信じてくれないのに、本当のことを話しても仕方ないでしょう。
アシュミード氏：ハウ先生、ベルを鳴らしてスティーヴを呼んでください。ドウティ氏の部屋にある荷物をすべてここへ運ばせましょう。
ドウティ氏：　ぼくの荷物をどうするつもりです？　そんな権利はどこにも――
アシュミード氏：自分の責務をまっとうするだけです。ハウ先生、お願いします。
ハウ先生：　任せてくれ、ジェド。
ドウティ氏：　異議を唱えます。
アシュミード氏：ドウティさん、結婚していますか？
ドウティ氏：　ええ。
アシュミード氏：結婚してどのくらいになりますか？
ドウティ氏：　二年と十一ヵ月ですが、もっとになるような気がします。
アシュミード氏：それなのに、チェックインのときに妻の名を書くのを忘れたんですか？
ドウティ氏：　よく忘れるんですよ。
アシュミード氏：夫人はいい気持ちがしないでしょうね。
ドウティ氏：　つぎの質問はなんです？

アシュミード氏：職業は？
ドウティ氏：作家です。
アシュミード氏：作家？
ハウ先生：作家？
ドウティ氏：そんなに驚くことではないでしょう。本を書いています。
ハウ先生：どんな本を？
ドウティ氏：ミステリ小説です。
アシュミード氏：リッツに滞在できるのなら、たくさん稼いでいるんでしょうね――しかしシモンズ氏の手記によると、手持ちの現金は百ドルもなかったようですが。
ドウティ氏：つぎの質問はなんです？
アシュミード氏：著作の書名を教えてください。
ドウティ氏：『運命の矢』『血塗られた手』『運命の矢』
アシュミード氏：ほかには？
ドウティ氏：『サリー・イン殺人事件』
ハウ先生：ドウティさん、できればちがう書名にしてもらえないか。わざわざアシュミードさんを困らせる必要はあるまい。
ドウティ氏：わかりました。わざわざ困らせるつもりはありません。

アシュミード氏：ご心配なく、ハウ先生。そんな小説を書くわけありませんから……ドウティさん、最初にメイプル氏と会ったのはどこですか。
ドウティ氏：会ったことはありません。
アシュミード氏：ここにメイプル氏へ話しかけたと書いてありますよ。「メイプルさん、テレマーク回転のやり方を教えてもらえませんか」と。
ドウティ氏：そうお願いするのがいけないんですか？
アシュミード氏：では、メイプル氏に話しかけたんですね？
ドウティ氏：そんなことはしていません。
アシュミード氏：シモンズ氏に「本を読んでも仕方ありません。メイプルさんに教えていただきたいんです」といっていませんか？
ドウティ氏：ええ。
アシュミード氏：では、シモンズ氏はどうしてそう書いたんでしょう？
ドウティ氏：嘘を書いたんです。
アシュミード氏：つぎの頁には、奥さんが「ねえ、フィル！」といいながら泣いていたと書いてありますが。
ドウティ氏：妻はしょっちゅう泣いているんです。
アシュミード氏：シモンズ氏はそれについては嘘を書いていないんですね。

ドウティ氏：　ぼくにはわかりません。
ハウ先生：　ドウティさん、我々を助けるつもりがないのなら、いますぐにそういって――
アシュミード氏：先生、ここはぼくに任せてください……ドウティさん、昨夜七時にはどこにいましたか？
ドウティ氏：　部屋です。
アシュミード氏：ひとりで？
ドウティ氏：　妻も一緒でした。
アシュミード氏：部屋にいた時間は？
ドウティ氏：　七時十分前から七時五分までです。二度とも腕時計を見ました。
アシュミード氏：まちがいありませんか？
ドウティ氏：　聖書に誓って。
アシュミード氏：昨晩、殺人がおこなわれたと思われる時間と、ぴったり一致していますね。
ドウティ氏：　そうですか？
アシュミード氏：覚えていませんか？　しかしあなたの腕時計は三分進んでいます――全員の腕時計の時間を確認したとき、そうでしたから――つまり七時二分から七時五分までの行動は不明なわけです。
ドウティ氏：　物置まで歩いて往復するのは三分以上かかりますね。

アシュミード氏：そんなことはありません。
ハウ先生：ドウティさん、昨夜の夕食は文句なしの出来栄えだったが、きみも食べたか？
ドウティ氏：ええ。
ハウ先生：なにを食べた？
ドウティ氏：食べなれた料理を。
ハウ先生：美味しかったと思わないか？
ドウティ氏：とびきりでした。
ハウ先生：それに反対する者はいないだろう。では、食べた料理をなにかひと皿挙げてくれないか。
ドウティ氏：（無言）
アシュミード氏：フライドチキンはいかがでした？
ドウティ氏：いい味でした。
アシュミード氏：昨夜のメニューにはありませんでしたが……金を払って、事件について知っていることをハンクに書かせた理由は？
ドウティ氏：作家だからです。
アシュミード氏：作家が構想を買うのは普通のことですか？
ドウティ氏：ぼくは買います。

アシュミード氏：ドウティさん、だれがジョーゼフ・メイプル氏を殺したのか知っていますか？
ドウティ氏：ええ。
ハウ先生：知っているのか？
ドウティ氏：ええ。
ハウ先生：だれが殺したんだ？
ドウティ氏：ハンク・シモンズ氏です。
アシュミード氏：どうしてそう思うんですか？
ドウティ氏：そう思うわけじゃありません。知っているんです。
アシュミード氏：ハンクには動機がなにも——
ドウティ氏：それはあなたの意見です。
アシュミード氏：ハンクにはアリバイが——
ハウ先生：ちょっと待ってくれ、ジェド。ハンクが犯人だと考える理由を知りたい。
ドウティ氏：恐縮です、ハウ先生。でもその理由は教えられません。
ハウ先生：しかし、きみが絞首刑を免れるかどうかが——
ドウティ氏：ちがいますよ。ハンクなら愛用の手斧を使うでしょう。
アシュミード氏：ドウティさん、ふざけるのはやめてください！……スティーヴ、旅行鞄はなかへ運んでくれ。そこで待っている必要はないよ……この大きな鞄はあなたのものですね、ドウティさん。なかをあらためさせてもらいます……ではリナベリーさん、中身のリストを作ってください。錠はかかっていません……一番上にはテニスのラケット。

ハウ先生：テニスのラケット？

アシュミード氏：ドウティさん、このラケットでなにをするつもりだったんですか？

ドウティ氏：テニスです。

ハウ先生：この雪のなかで？

アシュミード氏：ラケットの下にはタオル――うちのホテルのタオルですね。タオルの下にはサリー・インのロゴがついたスプーン。これはどういうわけでしょう、ドウティさん？

ドウティ氏：記念品を集めているんです。

アシュミード氏：おなじロゴのついたナイフ。やはりおなじロゴのついたフォーク。クリーニング屋のD七三というタグのついた汚れたシャツ。シャツでなにかをくるんでいる。これは驚いた！　皿だ――うちのホテルの皿です。

ドウティ氏：それも記念品です。

アシュミード氏：コーヒーカップとソーサーもあります。これも記念品ですか？

ドウティ氏：ご明察。

アシュミード氏：下着は綿。靴下も綿。なんだ、これは？　水着ですか？
ドウティ氏：　泳ぐのが好きなので。
アシュミード氏：湖の氷に穴を開けてあげましょうか、ドウティさん？　瓶ですね、《コービンのサンタンローション》。
ドウティ氏：　ひどい日焼けを防ぐことができるんですよ。
アシュミード氏：ビーチサンダル。
ドウティ氏：　裸足というわけにはいきませんからね。
アシュミード氏：カメラ。いわゆる《小型カメラ》というものですね。
ハウ先生：　ドウティさん、カメラでなにをするつもりだったんだ？
ドウティ氏：　蠅を退治しようと思って。
アシュミード氏：小型カメラ用のフィルム。ひげそり道具はありませんね。
ドウティ氏：　洗面台に置いてありますから。
アシュミード氏：旅行鞄の底に白の鹿革《バックスキン》の靴、白のフランネルのズボン二本、白のスポーツシャツ、五、六枚。
ドウティ氏：　そのコーディネートは格好いいんですよ。映画スターのようで。
アシュミード氏：真冬のサリー・インでこれほど目立つコーディネートはないですね。
ドウティ氏：　そう。ぼくもそれを狙ったんです。

アシュミード氏：ドウティさん、しばらく隣の小部屋に入っていてもらいましょうか。
ドウティ氏：　ぼくがいやがったら、無理やり閉じこめるという意味ですか？
アシュミード氏：そのとおりです……ひとつ助言しておきます。窓から雪の上に飛びおりようなんて考えないほうがいいですよ。ここから逃げだすことは不可能ですから。
ドウティ氏：　どうしてぼくが逃げださなくちゃいけないんです？　こんな経験はめったにできるものじゃないのに。では、これにて失礼！

V

我々はドウティ氏をトイレに閉じこめ、リナベリーさんは自分の部屋に戻った。ジェドがスティーヴにドウティ夫人を呼ぶように命じた。

ジェドとわたしは顔を見合わせた。

「いかにも犯人という様子でしたね」ジェドがいった。

「そうだな。だがホテルの備品どろぼうなのはまちがいないが、どろぼうは普通、人殺しをしないものだ」

ジェドは降参とばかりに両手を挙げた。「これまでわかったところでは、この事件に普通のことなんてひとつもありませんよ。それよりも、どうしてハンクはいまだに行方不明なんでしょう」

そのときドウティ夫人が現れたので、また速記を頼むためにリナベリーさんを呼びに行った。以下、その記録を続けてもらいたい。

アシュミード氏：ドウティ夫人、こちらはリナベリーさんです。
ドウティ夫人：　はじめまして。
アシュミード氏：こちらはハウ先生です。
ハウ先生：　　紹介の必要はないよ、ジェド。旧知の仲だから。
ドウティ夫人：　昨日の夜、ダンスをご一緒しましたの。
アシュミード氏：ドウティ夫人、いくつかうかがいたいことがありまして。
ドウティ夫人：　フィルはどこですか?
アシュミード氏：隣の部屋です。
ドウティ夫人：　どうしてここにいないのかしら。
アシュミード氏：すぐに戻ってきます。
ドウティ夫人：　ここでの話はフィルに聞こえるんですか?
アシュミード氏：聞こえないはずです。
ドウティ夫人：　訊きたいことというのはなんでしょう?
アシュミード氏：ありふれた質問から始めます。ご主人の名前はドウティ――フィリップ・フェニモア・ドウティですか?

ドウティ夫人:　そうです。

アシュミード氏:あなたのお名前は?

ドウティ夫人:　ルセット・トマスです。

アシュミード氏:ルセット・トマス・ドウティさんですか。ニューヨーク市のご住所はどちらでしょう?

ドウティ夫人:　フィルはなんといってました?

アシュミード氏:あなたにうかがっているんです。

ドウティ夫人:　フィルが答えたのなら、わざわざわたしに尋ねる必要はありませんよね。

アシュミード氏:つまり、どこで暮らしているかをご存じないということですか?

ドウティ夫人:　わたしはなにもいっていません。

アシュミード氏:あなたがそう答えたかったのなら、意味は伝わりました。

ハウ先生:　ジェド、わたしは——

アシュミード氏:先生は黙っていてください。ドウティ夫人、結婚してどのくらいになりますか?

ドウティ夫人:　わかりません。

アシュミード氏:覚えていないんですか?

ドウティ夫人：ええ。
アシュミード氏：ドウティさんは結婚して二年十一ヵ月だといっていました。
ドウティ夫人：フィルがそういっていたなら、どうしてわたしに尋ねるんですか？
アシュミード氏：それをうかがったとき、ご主人はふざけていたようなので。
ドウティ夫人：フィルがですか？　それなら、わたしもふざけてやるわ！
アシュミード氏：どうしてです？
ドウティ夫人：それを教えたいと思ったら、お話ししますけど。
アシュミード氏：ぼくに教えたくないんですね。
ドウティ夫人：ええ。
アシュミード氏：ドウティ夫人、あなたをいじめているわけじゃありません。
ドウティ夫人：じゃあ、どうしてあれこれ質問するんです？　なんの権利があって、こんなことを。まだ続くんですか？　ハウ先生、きれいなハンカチを貸していただけます？
ハウ先生：もちろん。
ドウティ夫人：ありがとうございます。わたしのはびしょびしょなので。
アシュミード氏：そのハンカチを見せてもらえますか……リナベリーさん、記録に残してください。L・Tというイニシャルが入っていると。

ドウティ夫人：　旧姓のイニシャルです。
アシュミード氏：結婚してどのくらいになりますか？
ドウティ夫人：　覚えていません。
アシュミード氏：なんとか思いだしてもらえませんか。
ドウティ夫人：　十一年と二ヵ月です。
アシュミード氏：リナベリーさん、これも記録に残しておいてください。
ドウティ夫人：　どうして記録に残すんですか？
アシュミード氏：まだ二十二歳にもなっていないでしょうから、歴史に残る幼い花嫁だったろうと……ドウティ夫人、ご主人の職業は？
ドウティ夫人：　フィルに訊いたんじゃないんですか？
アシュミード氏：あなたに尋ねているんです。
ドウティ夫人：　知りません。
アシュミード氏：知らないんですか？
ドウティ夫人：　知りません。アシュミードさん、今朝はなにもわかりません！
アシュミード氏：だがご主人の職業ですよ！……金は使いきれないほどくれますか？
ドウティ夫人：　フィルはなにひとつくれたりしません。
アシュミード氏：一度もですか？

ドウティ夫人：　そういったはずです。
アシュミード氏：しかし有名な作家なんですよね！
ドウティ夫人：　フィルが？
アシュミード氏：知らなかったんですか？
ドウティ夫人：　忘れていました。
アシュミード氏：では――なんという書名だったか――ああ、そうだ『運命の矢』を読んだことはありますか？
ドウティ夫人：　ありません。
アシュミード氏：読んだことがないんですか？
ドウティ夫人：　ええ。だれの本ですか？
アシュミード氏：ご主人の話では、彼が書いたそうですが。ちがうんですか？
ドウティ夫人：　忘れていました。
アシュミード氏：執筆しているところを見たことはないですか？
ドウティ夫人：　ありません。
アシュミード氏：結婚してから、一度も見たことがないんですか？
ドウティ夫人：　ええ。
アシュミード氏：話は変わりますが、結婚してどのくらいになりますか？

ドウティ夫人：　覚えていません。
アシュミード氏：だいたいで結構ですから。
ドウティ夫人：　五年か六年くらいだと思います。
アシュミード氏：ドウティ夫人、ジョーゼフ・メイプルという名前の男性をご存じですか？
ドウティ夫人：　いいえ。
アシュミード氏：ご主人はいかがでしょう？
ドウティ夫人：　わかりません。
アシュミード氏：昨夜七時はなにをしていましたか？
ドウティ夫人：　覚えていません。
アシュミード氏：ご主人はなにをしていました？
ドウティ夫人：　知りません。
アシュミード氏：なにか覚えていることはありませんか？……床に開いてある旅行鞄はだれのものかわかりますか？
ドウティ夫人：　ええ。
アシュミード氏：ご主人の鞄ですか？
ドウティ夫人：　そうです。
アシュミード氏：このカップとソーサーに見覚えはありますか？　あるいはこの銀器は？

ドウティ夫人：　ありません。
アシュミード氏：これはぼくのものです。ドウティさんが盗んだんですよ。
ドウティ夫人：　フィルが？
アシュミード氏：これまでもなにかを盗んだことはありますか？
ドウティ夫人：　ありません。
アシュミード氏：結婚してから一度もありませんか？
ドウティ夫人：　ええ……それは本物の銀じゃありませんよね。
アシュミード氏：本物の銀だとはいっていません……このテニスのラケットに見覚えがありますか？
ドウティ夫人：　それもフィルが盗んだんですか？
アシュミード氏：ラケットはご主人のものだと思います。
ドウティ夫人：　あら、それはフィルのラケットなんですか？　返してください！
アシュミード氏：リナベリーさん、記録に残してください。このときドウティ夫人が泣きだしたと。
ハウ先生：　また、だ。
アシュミード氏：また泣きだしたと。
ドウティ夫人：　ハウ先生、もう一枚きれいなハンカチをお持ちじゃありませんか？

ハウ先生：　あいにく、ハンカチはさっきの一枚しか持っていないんだ。
アシュミード氏：ドウティ夫人、あなたはご自分のラケットも持ってきたんじゃありませんか？　リナベリーさん、夫人は首を横に振りました。では水着は持ってきましたか？　今度はうなずきました……夫人の旅行鞄もなかをあらためていいですか？　夫人はうなずきました。リナベリーさん、リストを作ってください。ストッキング――薄手のもの……ランジェリー……薄手のドレス――
ドウティ夫人：　サマードレスです。
アシュミード氏：そうじゃないかと思いました……水着……おや、これは。もう一枚水着が！
ドウティ夫人：　水着がまだ乾いていないとき、もう一枚のほうを着るんです。
アシュミード氏：そうですか……仮装の衣装――
ドウティ夫人：　それは浜辺で着る服です。
アシュミード氏：ドウティ夫人、おふたりはもしや精神病院に入院していたんですか？　だから　いまの住所を教えてもらえないんでしょうか。
ドウティ夫人：　まさか！　そんな！　ちがいます！
ハウ先生：　ジェド、すこしのあいだ、こちらのお嬢さんとふたりだけで話をさせてもらえないか。そうすれば状況をはっきりさせることができると思う。いかがかな、ドウティ夫人？　わたしは医者だし、六十に手が届こうという年齢だ。

ドウティ夫人：　ええ、もちろん。こちらからお願いしたいくらいです！

ジェドは先ほどドウティ氏を閉じこめた小部屋へ移動し、リナベリーさんもオーナー室の外で書きとった記録のタイプを始めた。予想したとおり、単純な事情だった。

「ドウティ夫人、わたしには安心してなんでも打ち明けてくれてかまわない。四十年近く開業医をしていたから、人の秘密を耳にすることも何度となくあった」

「なにを打ち明ければいいのか、ハウ先生」

「では、切りだしやすくなるよう、正しい名前で呼ぶとしようか、ミス・トマ人」

彼女は無言でうなずき、泣きだした。

「結婚していないんだろう。ちがうかい？」

ルセット・トマス嬢はかぶりを振った。

「きみはニューヨークでドウティ氏と知りあった。それが昨日のことなのか、それよりも前のことなのかはわからんが。彼に週末を一緒に過ごそうと誘われ、ここにやって来た。そのとおりだろう？」

ルセットはうなずいた。

「誘いに乗るべきじゃなかった——ルセット。まちがった行為だし、それを禁ずる法もある。そのことは知らなかったんだろう。ちがうかい？」

ルセットはかぶりを振った。

「うっかり誘いに乗ったが、最後の最後まで決心がつかなかった。だから荷造りをする時間がなかった。そこで夏に使ったままの旅行鞄をそのまま持ってきたんだ。ドウティ氏も急いでいたので、おなじことをしたんだな」

「ハウ先生、本当に驚きました！」

「雪がやみ次第、ニューヨークへ帰りなさい――ひとつ助言を聞いてもらえるなら、今後あしたならず者とはつきあわないことだ」

ルセットは立ちあがり、わたしの胸に顔を押しつけてひとしきり泣いた。わたしのシャツの前面をびしょびしょにすると、ルセットは礼をいって離れた。

わたしはドアをノックした。ジェドに続いて、まるで鞭で打たれた野良犬のようにドウティ氏がこそこそと姿を現した。ルセットはできるだけ早く街へ帰らせると伝えると、ドウティ氏は大声をあげた。「ルセット、本気なのか？」

ルセットは「フィル、怒ってる？」とだけいった。

ドウティ氏の答えは「怒ってはないよ――理解できないだけだ」だった。

彼の反応としては奇妙だと思った。彼に説教するべきかもしれないが、すでに充分すぎるほどの面倒を抱えているので、その必要はないだろう。

ドウティ氏は旅行鞄を返してもらえるかと尋ねた。

「ふたつとも部屋まで運ばせましょう。ドウティさんは帰られては困りますが」

ドウティ氏はあっぱれなほどの面の皮の持ち主だった。「わかりました――でもフォークとスプーンは持ち帰りたいんですが――それ以外のものも」

ジェドの回答は模範的なものだった。「御所望ならば、その代金もチェックアウト時にいただきます」

これで紳士の皮が剝がれおちるものと思ったが、彼は動じなかった。「ありがとう」と応じ、ルセットと一緒に出ていった。ルセットは貸したハンカチをきれいに洗濯して返してはくれなかった。

Ⅵ

ふたりきりになると、ジェドにルセットとの会話の一部始終を伝えた。ジェドは「リナベリーさんにハンクの手記をタイプしてもらいます。あれが必要になりますから。ハンクが行方不明になってそろそろ十時間近くになることに気づきましたか？　先生は知っていることをリナベリーさんに口述してください。漏れのないようにお願いします。今朝のぼくとの会話もです。明らかにできたと思うものがあれば、すべて記録に残してください。先生にそれをお願いできるなら、ぼくはすべての部屋を捜索するよう清掃係に命じてから、納屋まで歩いていって、ハンクについてなにか知らないかを尋ねてみます」といった。

いうまでもないが、わたしはその要請に応じた。

ジェドは窓の外を眺めた。「雪がやみそうですね。エド・ピーターズに用意をしておくよう伝えなくては。サリー駅の電話も不通だったら、この積雪のなかを警察官舎のあるトーントンまで行かなければなりません」ジェドは出ていく前にわたしの手を握り、こういった。「先生には感謝の言葉もありません」

わたしは「ジェド、お安いご用だよ」と応じた。

そういうわけで、こうしてリナベリーさんに、真実を、すべての真実を、紛《まご》うかたなき真実だけを口述している。わたしは嘘偽りのない真っ正直な男だから、これは嘘偽りのない話だ。


ハウ先生はここまでの口述を午前十時三十四分に終えました。そして午前十一時二十九分に再開しました。


この事件を無事に切り抜けることができるのか、自信がなくなってきた……。

ジェド、きみがそこにいてくれれば安心だ。わたしをひとりにしないでくれ、ジェド！

どうにも落ち着かない……しかしそれは当然のことだと思わないか。

殺人事件は深刻な問題だ。

本気でこの口述を続けてほしいのか、ジェド?……きみがやったほうがいいものができるだろう。

わたしが口述をしたところで、最後まで続けられるとは思えない。それならばでしゃばるのはやめて、あとは警察に任せたほうがいいんじゃないか……。

口述を始めたら、なにが起こるのか想像もつかない……。

わかった。できるところまではやろう。すべて忘れずに覚えているしな。まったく、どうすれば忘れることができるのか……。

さて、わたしは午前十時にこの部屋をあとにした……十時三十四分だったか? リナベリーさんがそういうならば、それが正しいにちがいない。

ロビーでフィッシャー嬢に会った。画家のメアリー・フィッシャー嬢だ。彼女が読書家なのは知っていた。

そこでフィル・ドウティという名の作家を知っているかと尋ねてみた……ちがう、尋ねたのはロビーじゃない。まず娯楽室へ誘ったんだ。

フィッシャー嬢は、名前を聞いたことはないが、だからといってその名の作家がいないとはかぎらないと答えた。また『運命の矢』という小説も聞いたことがないが、だからといってその小説が存在しないとはかぎらないと。わたしはドウティが挙げたそれ以外の書名を思いだせなかった。それ以外の書名について尋ねなかったのはそれが理由だ。

フィッシャー嬢はドアの向こうを通りかかったプレブル夫人を呼びとめた。プレブル夫人というのは、ネイティヴ・アメリカンの武器を蒐集しているご婦人だ……ああ、そうだった。そのことはとっくに説明してあったな。

フィッシャー嬢によると、プレブル夫人は公立図書館の司書で、現在は健康上の理由で休職中という話だった。

プレブル夫人ならば、どんな作家でも知っているにちがいない……。

夫人が実際にどう答えたか？

「ミステリ小説ですか？　大好きですわ。わたくしのミステリ好きと、武器に興味があることには、フロイト的に解釈すると関連があるとは思いませんこと？　以前、警察本部まで殺人事件の凶器として使われた金槌を見学に行ったら、それがどこの雑貨屋でも売っているような安っぽい金槌だったんですの。信じられます？」

フィッシャー嬢がドウティについて尋ねた。

「いいえ、聞いたこともありません。話題になった本を書いていれば、かならず名前を耳にしたことがあるはずですわ。公立図書館の司書は、ミステリ小説についてはなんでも知っていないといけないんです。信じられます？　三人いれば、そのうちのふたりはかならず最新のミステリを読みたがるんですから。エルキュール・ポアロ、エラリー・クイーン、ファイロ・ヴァンスなどは、長いつきあいの友人のような気がするほどですわ。でも『運命の矢』という小説は聞いたこともありません。ええ、まちがいなく！　矢じりをコレクションしているんですから、聞いたことがあればかならず覚えているはずです。そういう小説があったとしても、話題にもならなかったんでしょう。さもなければ、とっくの昔にだれかから尋ねられているはずです。なにしろミステリ小説ばかりを並べた書架が何列も続いていて、ミステリ小説だけしょっちゅう綴じなおさなくてはいけないんですから。信じられます？　どうして鮫革で装幀してくれないのかと、何度も考えたものですわ」

フィッシャー嬢は笑った。「これで解決しましたね、ハウ先生。ドウティさんは鮫革で綴じられていませんから」

「プレブル夫人が勘違いをしている可能性は？」わたしは尋ねた。

するとプレブル夫人は耳をそばだてた。「勘違いですって？」

「それほどたくさんの小説があるのなら、気づかないことも――」

「気づかないなんてありえません。わたくしはつねに注意深く観察していますから」

わたしは夫人がそれほど注意深く観察していないことを、いますぐ指摘する方法を知っていた。少なくとも、知っていると思いこんでいた。「つねに注意深く観察しているんですか、プレブル夫人？」

「ええ、もちろん。つねにですわ」

「では、夫人の武器のコレクションがひとつなくなっているのに、それに気づいてないのはどうしてでしょうな」

「なくなってなどないからです」

「ひとつもですか？」

「ひとつもです！」

「手斧はどうです？」

「手斧がなくなっているんですの、ハウ先生？」

「そうです」

夫人は妙に甲高い声で笑うと、なにもいわずに早足で部屋を出ていった。十秒もたたずに戻ってきた夫人は、なんと、手に手斧を持っていた……。

わたしはちがう手斧だろうと思った。それ以外に考えられない。なにしろメイプル氏を殺すのに使われた手斧は、昨夜施錠した物置のなかに死体と一緒に置いてあるのだ……だからこの手斧は凶器とはべつのものにちがいない！

「これはちがう手斧でしょう！」わたしはいった。

プレブル夫人は妙に甲高い声で笑った。「ちがうものですって？」

「おなじものであるはずがないのです！」

夫人は手斧をわたしに差しだした。「ハウ先生、コレクションする武器を買ったときは、かならずしるしをつけることにしていますの。これがわたくしの手斧ならば、しるしがついているはずです」

「どんなしるしですか？」

「通し番号を書いた小さなシールですわ」夫人は鞄をがさごそとかきまわし、小さな手帳をとりだした。「手斧の番号が三〇七一だなんて、信じられます？」

「どこにもシールは貼ってないようですが」

「柄を見てくださいな」

たしかに柄の先にシールが貼ってあった。三〇七一と書いた小さなシールが。インクで書かれた番号は、濡れたせいでにじんでいた。

夫人はまた甲高い声で笑った。「これでつねに注意深く観察していると認めていただけますかしら、ハウ先生？」わたしは言葉をうしなった。これはしっかりと鍵をかけた物置に置いてきたはずの手斧だった。わたしはなにがどうなっているのか、まったく理解できなくなった。

ジェド、そのときさみが部屋に入ってきて、すぐに来てほしいと……。

ああ、口述を続けるよ。

ジェドが隅にわたしを呼んだ。「ハウ先生、納屋まで行ったんですが、ハンクの姿は見かけていないそうです。部屋ものぞいてみましたが、ベッドには眠った形跡がありませんでした」

わたしは手斧の件を伝えた。わたし同様、ジェドも驚いていた。

「先生、いますぐ物置へ行ってみましょう」ジェドが提案した。

ジェド、その前に一杯もらえるか……わたしには酒が必要だ……なにをするにしても……ありがとう。

我々は物置に向かった……ふたりとも頭がおかしくなったように見えたろう。

ジェドはコートを着ていたが、わたしはコートをとりに行かなかった。

まだ雪が降っていた。

昨晩の足跡はそのあと降った雪がきれいに消していた。我々は両手両脚で深雪をかきわけるようにして物置に向かった……。

ジェドが物置の南京錠をはずした……。

わかっている。最後まで口述しよう。ジェドが「ご覧のとおり、ドアの鍵はかかっていました。南京錠は壊れてもいませんし、きちんとはずれました」といった。

我々はドアを押しあけた。

昨晩とおなじところに死体が横たわっていた。死体のそこここに薄く雪が積もっている。壁の隙間から雪が吹きこんだようだ。

手斧は消えていた。懐中電灯も同様だった。

「見てください、先生。懐中電灯がなくなっています。手斧もです」ジェドがいった。

わたしは「ああ」と応じた。

我々は死体を見下ろした。

どこか昨晩とはちがっているように見えた。そう感じる理由は判然としないが、どこかがちがった……。

そう口にしたのはわたしのほうが先だった。

「先生、顔の雪を払いおとしましょう」ジェドが提案した。

わたしはきれいなハンカチを持っていなかった。

ジェドが帽子をとり、顔に積もった雪を払いおとした。

ジェド、もう一杯くれないか……強めにしてくれ……。

「ちがう――ジョーゼフ・メイプル氏の死体じゃありません」ジェドがいった。

「まさか、どうして！」わたしはいった。

「これは――これは――」ジェドはいった。

ジェドは言葉が出てこない様子だったので、わたしが声を絞りだした。「これは――ハンク・シモンズの死体だ！」

第3章　ジェド・アシュミードの手記

午前十一時四十五分

ハウ先生は手記にこれ以上つけ加えることはないそうだ。実は最後のあたりは何度もやめようとするのを、先生の後ろに立ち、懇願するようにして口述してもらった。それに加えて、強い酒を二杯飲ませたおかげでどうにか終わらせることができたのだ。

だが、ハウ先生の手記はまだ途中だった。ふたりで物置まで行き、南京錠が壊れていないことを確認し、解錠したところ、ジョーゼフ・メイプル氏の死体は消えうせており、かわりに気の毒なハンク・シモンズ氏の死体があったことまで口述すると、ハウ先生はそれ以上続けることはできないと宣言した。ハンクが殺されたことに大きなショックを受けた様子だった。ハンクは変わり者で、このあたりで一番きらわれていた人物なのはまちがいない。しかし先生とは気が合ったようでよく一緒にいたから、友人をうしなったことを悲しんでいるのだろう。

ハウ先生が迷信深いことが、さらに状況を悪化させた。彼がおなじマッチで三本の煙草に火をつけないことにはずいぶん前から気づいていた。もちろんはしごの下を通ったりはしないし、鏡を割ると七年間不幸が続くと信じている。

昨晩の事件のせいで、ハウ先生はますます迷信を信じるようになってしまった。

ハンクは最初の殺人事件の手記を書いた。そのあと殺された。

そして先生はハンクが行方不明になってからの手記を書いた。だからつぎに殺されるのは自分だと思いこんでいるのだ。

またたれかが殺されるようなことはないと、ぼくは先生をなだめた。何十人という人がいるなかで、昼日中にそんなことが起きるわけはないと。だが彼は恐慌状態に陥っていて、ぼくがなにをいっても聞きいれなかった。最後の三十分は酒のグラスを離さず、人と一緒にいるのも怖いが、ひとりになるのも怖いと怯えていた。しまいには、ぼくがなにか話しかけると実際に跳びあがる始末だった。

しかしひとりで事件についてじっくり考えてみると、それはただの杞憂だと断言することはできなかった。犯人は錠を壊すことなく鍵のかかった物置から死体を運びだし、またべつの人物を殺すと、その死体を最初の死体が発見された場所――つまり施錠された物置のなかへもう一度運びこんだことになる――それも独力で。とても人間業とは思えない。そんな相手に恐怖を感じたとしても不面目ではあるまい。白状すると、ぼくもポータブルタイプライターへ向かう前に、室内を念入りに点検した。そして恐怖に負けないためにも、こうしてハウ先生の手記の続きをタイプで打つことにした。キーがカタカタいう音を聞いていると、徐々に気持ちが落ち着いてきた。音もたてずにふたりも殺した犯人のことを考えて、あやうくとり乱してしまうところだった。手を止めると、リナベリーさんがタイプを打つ音が聞こえてきた。速記記録をタイプするのに一時間かかるといっていた。その音を聞いていると、ますます気持ちが落ち着いた。ドアを開ければ、ロビーにいる宿泊客の声も聞こえてくるはずだ。ぼくはドアを開けた。机はオーナー室の隅に置いてあるので、ぼくは背中を壁に、顔をドアに向けて座っている。ハウ先生が親切に指摘してくれたように、先生のつぎにぼくの番が来るとしたら、この手記は警察が犯人を特定するのに役立つだろう。

ここ十八時間の出来事の詳細な記録を残すのが有益であることはまちがいない。それもできるだけ時間をおかずに記録したもののほうが望ましい。人がある出来事を目撃し、それを書きのこすとする。どれだけ真実のみを記録に残そうと心がけても、明日になれば、今日とおなじ記録を残すことは不可能なのだ。一週間もたてば、その記録はまったくちがうものへと変貌してしまうはずだ。本人が重要と感じなかったことは忘れてしまうだろうし、覚えているのはつまらぬことばかりかもしれない。もしかしたら、起きてもいない出来事を覚えていると勘違いする可能性だってあるのだ。よって正確な記録を残したいなら、記憶が鮮明なうちに書きのこさなければいけない。だからハンク・シモンズ氏、それに続くハウ先生の前例に倣って、ぼくもこうして記録に残しているわけだった。

あとで様々な事実をつきあわせて推論を組みたてるために、いまはとにかく必要となる事実を記録に残すのだ。

Ⅱ

午前中にレーヴァリー夫妻とドウティ夫妻から話を聞いたあと、リナベリーさん相手に口述しているハウ先生を残し、ぼくはオーナー室を出た。先生はそのあとメアリー・フィッシャー嬢とプレブル夫人に、ドウティの名や彼が挙げた小説を知っているかと尋ね、その返答も手記に残している。

先生がそうしたことをしているあいだ、ぼくはハンクを捜していた。格別なにか理由があって彼の身を心配していたわけではないが、どこにいるのかだけは知っておきたかった。まずは納屋に向かった。すさまじい積雪量で、本館の屋根の軒まで雪が届きそうだったが、本館から納屋まではきちんと雪かきをしてあったので助かった。

エド・ピーターズには昨夜の事件を知らせていなかった。ハンクを見かけなかったかと尋ねると、知らないという返事だった。

馬の様子を確認すると、馬の調子は申し分ないが、馬丁がひとり雪かきをしていて鼻が凍傷になったという話だった。ハウ先生に診てもらうよう勧めたが、雪でこすっていたらよくなってきたので、医者に診せる必要はないだろうとのことだった。

ピーターズがいつサリー駅へ行けばいいかと尋ねるので、「雪がやんだらすぐに行ってもらう」と答えた。朝、その件で納屋に内線で電話したのだ。外線は不通だが、内線は使えた。

だがピーターズはすぐに出発しようとした――ぼくの声の調子で、なにか起こったことを察したようだ。しかしぼくは許可しなかった。ピーターズならばスキーで難なくサリー駅まで行けるだろうし、トーントンの警察官舎までだって行けるかもしれない。ただし、目印となるものがきちんと見えていればの話だ。この吹雪のなか出発するのはあまりにも無謀だった。ぼく自身、ピーターズに負けず劣らず方向感覚は優れているつもりだが、二年前にニューハンプシャーの山のなかのコースで迷ったことがあった。十五メートル先がようやく見えるかどうかという視界の悪さに加え、吹雪が一瞬で自分のシュプールを消してしまうため、来た方向へ戻ることもできなければ、どちらに進めばいいのかもわからなくなり、三時間も岩場をさまよって凍死しそうになった。

大丈夫だと判断したら内線をかけるとピーターズに約束し、本館へ戻った。ピーターズを失望させてしまったのではないかと思う。

清掃を監督するリーディ嬢もハンクを見かけていないそうだ。ハンクの部屋に行ってみた。彼の部屋を訪ねるのは一ヵ月ぶりだ。鏡台にはダンスのときに配っている景品が並んでいた。四十個か五十個はあったろう。すべてきちんと整理されていた。ベッドの上にパジャマがたたんだまま置いてある。ベッドには寝た形跡がなかった。洗面台のひげそり用ブラシに触ってみると乾いていた。ハンクは毎朝ひげをあたるのに。

客室係に内線をかけると、昨晩室内へ入ったのが最後だそうだ。夕食の時間にパジャマを出したと。ぼくは階下へ降り、ハウ先生と合流した。そこで手斧の件を聞いた。

ぼくたちは頭がおかしくなったように見えたろうとハウ先生は口述している。それは正確な描写といっていいだろう。昨晩の手斧が本館に戻されていたということは、とりもなおさず何者かが物置に入ったということになるのだから。そしてそのことはすぐに確認できた。

南京錠はきちんとかかっていた。

地面に置いてあった手斧と懐中電灯はどちらも消えていた。

死体は昨晩同様に仰向けだった。だがメイプル氏ではなく、ハンク・シモンズ氏の死体だった。

ここで手記を一時中断して、その事実にぼくが驚愕したことを記しておきたい。ぼく個人の感情など事件には無関係だと承知しているが。死体が消え、その場所に別人の死体があったことには、まさに言葉をうしなうほどの衝撃を受けた。そしてそれがハンクの死体だったことが、いっそう衝撃的だった。

ここには嘘偽りのない真実を記そうと思う。ぼくはハンクが大の苦手だった。彼は隙あらばぼくから金を掠《かす》めとろうとした。サリー・インをぼくに売ったのも、やがて差し押さえることを期待してのことだった。それがまだ実現していないのは彼のせいではない。彼から石炭を購入し、保険の契約も交わした。どちらも詐欺のようなものだった。費用はぼく持ちでサリー・インに滞在できそうだと見ると、すかさずその機会に飛びついた。彼とつきあうようになって数ヵ月もすると、自分がたかられていることに気づいた。その後も知れば知るほど、彼がきらいになった。世界中を探しても、彼のような筋金入りのけちな人間はいないだろう。死体が入れ替わっているという事実をなんとか理解したとき、ハンクの死をだれよりも願っていたのは、ほかでもないぼく自身なのかもしれないと考えたのをはっきり覚えている。だがそれでも、死体となったミスター守銭奴の、血の気のない唇やかっと見開いた目を見ていると、いわくいいがたい悲しさがこみあげてきた。軽蔑に値する人生だったとはいえ、ハンクは人生を謳歌していた。それをこういう形で終止符を打たれるのは、痛ましい出来事であることはまちがいない。

ハウ先生はぼくが衝撃のあまり名前が出てこなかったと考えたようだが、実はそうではなく、目にした瞬間ハンクだとわかった。ただ、いま述べたようなことが頭のなかをぐるぐると駆けめぐっていたのだ。それでも驚愕から立ちなおったのはぼくのほうが早かった。

ハンクが死んでいることはひと目で見てとれた。

ハウ先生に死体の検分を頼んだ。

先生はショックで両手が震えていたが、検分をしてくれた。片手を持ちあげようとしたが、凍りついたようにかたくて動かなかった。ぼくも試してみたが、やはり腕を持ちあげることはできなかった。

先生は心臓に耳を近づけたが、なにも聞こえなかったそうだ。ぼくもこめかみと喉を探ってみたが、脈は感じられなかった。死体の体温は外気とおなじ、零下だった。全身がかちかちに凍っていた。顔は血で赤く染まり、頭のまわりの雪にも血がたくさん飛び散っていたが、それも凍っていた。

ハウ先生に死因を尋ねた。先生は血痕と右こめかみの傷を指さした。先生は死体の右側に立っていたので、その傷に気づいていたのだ。

「その傷は手斧がつけたものですか？」と尋ねた。

先生は絞りだすように「その可能性はある」と答えた。震えながら顔を近づけ、「ジェド、卵の殻のように頭蓋骨がぐしゃぐしゃに砕けている」といった。

「ハンクが死んだのは何時ごろですか？」

「信じられん！　ジェド、オーナー室のきみの机にいるのを見たのは、ついさっきのことなのに！」先生は大声をあげた。

「先生、ぼくらは冷静さを忘れてはいけません。くれぐれもとり乱さないように願います」

彼は身を震わせたが、「わかっている、ジェド」と応じた。死体の目を確認し、腕に触れた。

「死んだのは六時間から八時間前だ」

「それよりも前という可能性はありますか？」

「ああ、その可能性もある」

「つまり午前三時から五時のあいだに死んだんですね」

「そういっていいだろう。ああ、そのとおりだ」

死体は厚手のアルスター・コートを着ていた。わざわざそのことを記すのは、ハンクの一枚しかないコートはオーナー室にかけてあったからだ。それを指摘したのはレーヴァリー氏だ。いまも同じ場所にかけてある。

ハウ先生は顔を近づけてアルスター・コートを観察していた。ぼくは帽子でアルスター・コートの雪を払った。

「ジェド、わたしのアルスター・コートだ！」先生が大声をあげた。

「まちがいないですか？」

自分のものだと思うが、ラベルを確認しないとたしかなことはわからないという返答だった。死体を動かさないことには確認できないので、その点は警察に任せることにした。

「頭の傷がおなじ手斧でつけられたものだと確認する方法はありませんか？」と尋ねた。

「どうしてそんなことを知りたいんだ？」

「警察が知りたいだろうと思うので」

先生はしばらく考えてから答えた。「そうした質問に答えるのはわたしの職務を逸脱しているように思う」

「それでもおなじ手斧が使われたと思いますか？」

「もちろんだ」

ぼくは最後に物置のなかを細かく観察した。床の雪は昨夜大勢が歩きまわったせいでかたく踏みかためられていた。土は混ざっていないので、その下に消えた死体が埋められていないことは明らかだった。雪はせいぜい十数センチしか積もっていないので、かき集めたとしても、雪だけで死体を隠すことは不可能だった。

鍵をかける前にドアを点検すると、隙間に白い長方形の厚紙が挟まっていた。それには〈ジョーゼフ・メイプル〉と書いてあった。

III

午後〇時七分

雪がやんだ。エド・ピーターズをスキーでサリー駅に向かわせた。ぼくが書いたメッセージを封筒に入れて封をして持たせ、電話をかけるときまで開封しないようにと厳命した。駅も電話が不通だった場合は、トーントンまで行ってメッセージを手渡しするように伝えてある。

警察がやって来るのに数時間かかるだろう。それまでお客さまにはスキーやスノーシュー、そして雪かきが終わり次第スケートを楽しんでいただければいい。リナベリーさんが最後までタイプしてくれたので、手記は机の引き出しにしまって鍵をかけた。

エド・ピーターズを見送ってオーナー室へ戻ると、ハウ先生が待っていた。

先生はドアを閉めるよう手で示し、声を潜めた。「ジェド、頼みがあるんだ」

「なんでしょう？」

「銃を貸してくれないか」

「どうしてそんなものが必要なんですか？」

「安全だと思えないからだ」彼の手は震えていた。「不安で仕方ない。銃を貸してくれ」

「先生は使い方をご存じかもしれませんが、そもそも銃を持っていないので」

ハウ先生は口をぽかんと開けた。「銃を持ってない？」

「そんなものは必要ありません、先生。サリー・インには法を遵守《じゅんしゅ》するかたしかいませんから」

「法を遵守する？　じゃあ、物置にあるものはなんだ？」彼はすかさず嚙みついた。

「訂正します。昨日までは法を遵守するかたしかいませんでした」

「いますぐ何千キロも離れた場所に瞬間移動したいくらいだ」ハウ先生は机に置いたままだった〈ジョーゼフ・メイプル〉と書かれた名札を見た。彼は身震いした。「この名札――やつらがメイプル氏の死体を移動するときに、落としていったにちがいない」

「やつらとはどういう意味です？」

「たったひとりで運べると思うか？　それをいうなら、どうやって運びだしたのかもわからんが。そもそもどうしてハンクを殺したのか」

ハウ先生は我をうしなっている様子だったので、警察に連絡するべく人をやったことを伝えた。

「ありがたい！」彼は安堵のため息をついた。「いつごろ来てくれるだろうか」

「明るいうちに来てくれるんじゃないかと」

「そうだといいが……」先生はのろのろと立ちあがった。「ジェド、本当に銃を持ってないのか？　嘘をついているんじゃないのか？」

「嘘なんかついていません。それに銃なんて必要ありませんよ。先生は事件とは無関係なんですから。いったいだれのことを警戒しているんです？」

先生は目の前に立ち、また声を潜めた。がっしりと体格のいい先生が小さく縮んでしまったように見えた。「鍵のかかったドアを通りぬけられる人間が怖いんだよ、ジェド」

ハウ先生が出ていって二分とたたないうちに、プレブル夫人が飛びこんできた。「アシュミードさん、わたくしの手斧を返していただけます？」

「ぼくは知りませんよ」

「誤魔化さないでください、アシュミードさん！　ハウ先生が持っていくのを見たんです！」

「そうなんですか？」

「ええ、この目で見ましたとも――アシュミードさんが許可したから持っていったんですわよね！　知らないふりはやめてください！」

ぼくは即座になにが起きたのかを理解した。武器を探していたハウ先生は、最初に目についたものを持っていったんだろう。しかしそう説明するわけにもいかなかった。「プレブル夫人、先生は手斧である実験をしたいんです」

「実験？　どんな実験ですの？」夫人は気色《けしき》ばんだ。

「血痕が残っているかを調べたいそうですよ」

「血痕？」夫人は顔を輝かせた。「人間の血ですよね？」

ぼくはうなずいた。「三百年前にあの手斧は開拓者相手に使われたと考えているようです」

「それはまちがいありませんわ！」

「しみがついているので、実験をしてみることにしたそうです」

「まあ！」夫人は気がおさまったようだ。「それならわたくしに貸してほしいといってくだされば よかったのに。喜んで提供いたしますわ」

「先生は断られると思ったのかもしれませんね」

「それでもわたくしにひと声あってしかるべきとは思いますけど」夫人は鼻を鳴らした。「三百年もたっているのに、なにか発見できるでしょうか？」

「先生は見込みがあると考えているようです。ごく少量にも反応する試験薬があるそうで」

「それならば矢じりも実験していただきたいわ」

「それを伝えれば、先生も喜ぶと思います、プレブル夫人」

「でも、まずは手斧を返してくださらないと、矢じりは触らせませんけど。あれはわたくしの手斧ですから。それを忘れないでいただきたいわ！」

夫人はドアを開けたままだった。そのときになってようやく、ドウティが戸口に立っていて、会話をすべて盗み聞きしていることに気づいた。

ぼくがちらりと戸口へ目をやったことに気づき、夫人はそちらに顔を向けた。

夫人は満面の笑みを浮かべた。「ドウティさんですね。お会いできて嬉しいわ。小説家だそうですわね」

「ええ」ドウティは応じたが、ぼくはそれが嘘だと知っていた。

「ドウティさん、北アイスリップ公立図書館にあなたの著作が一冊も所蔵されていないなんて、信じられます？　ご本を送ってくださらないといけませんわ！　これまでも大勢の作家にお願いしましたけど、みなさんこころよく承諾してくださったんですの。ドウティさんも送ってくださいます？」

ドウティは糖蜜のように滑らかによどみなく答えた。「ニューヨークに戻ったら、すぐにお送りします」

「ありがとうございます、ドウティさん！　プレブル夫人と申します」

「プレブル夫人ですね」

「ドウティさん、ちょっと失礼して、わたくしの名刺をとってきますわ。図書館の住所も載っていますから、うっかり忘れてしまう心配がなくなりますでしょう？」

夫人はぱたぱたと駆けていった。

ドウティはこちらに顔を向けた。彼の大真面目な表情を初めて見た。「どうして手斧がもとの場所に戻っているんです?」

それはぼくが頭を悩ませている問題でもあったが、彼にはなにひとつ情報を漏らすつもりはなかった。「どうしてでしょう?」

「ハウ先生と物置でなにをしていたんです?」

「ぼくたちは物置にいたんですか?」

「ええ、たしかにいました」

「では、いたんでしょうね」

「いたことはまちがいありません! 入っていくのをこの目で見たんです。部屋の窓から……アシュミードさん、ぼくの質問に答えないつもりですか? 物置でなにを見つけたんです?……この質問にも答えてもらえないんですか? 予想もしないものを発見したことはわかっているんですよ!」

「どうしてわかるんです?」

「ふたりともなにかから逃げるようにして転がりでてきたからです。物置のなかにいたのは十分以内です——時間を計っていましたから——出てきたときアシュミードさんの手は震えていて、なかなか南京錠がかけられずに苦労していましたね。それにハウ先生は幽霊でも見たような顔をしていました」

「部屋の窓からそこまで見えたんですか？」

「ぼくの部屋の窓の正面に物置があるんです。だからよく見えましたし、写真も撮りました」

「どうして写真を撮ったんです？」

「写真は嘘をつかない――」

「あなたとちがって、ですか？」

ドウティは涼しい顔で聞きながした。「なにしろ殺人犯だと疑われているとなれば、証拠となるものはなんでも集めておく必要があるでしょう」

「物置から出てくるぼくの写真が証拠になるんですか？」

「もちろん、なりますよ」

「犯人はハンクだという意見でしたよね」

「それは数時間前の意見です」

「そうですか！　では、いまはだれが犯人だと思いますか？」

「あなたです」ドウティは笑顔だったが、その表情からはユーモアのかけらも感じられなかった。しかしぼくの無実を証明するのは簡単だ。ホテルを経営しているとゆっくり休んでいる暇などなく、ひっきりなしになにかしら仕事がある。たとえ自分ではその時間になにをしていたか覚えていなくても、従業員か宿泊客が証言してくれるのはまちがいない。

ドウティは机に置いてある名札に気づき、さっと手にとった。「どうしてここにあるんです?」

「それを説明する必要はないでしょう」

「ちょっと待ってください、アシュミードさん。ぼくに腹を立てているならお詫びします。申し訳ありませんでした。これでぼくに協力してくれますか?」

「いやです」

「それで許してくれるなら、土下座だってしてします。お願いですからハンクの手記を読ませてください」

「いやです」

「ハウ先生の手記も読みたいんです」

「どうしてそんなことを知って——」

「この際、それはどうでもいいでしょう。見せてくれますか?」

「いやです」

ドウティは室内を見まわした。「あれはハンクのコートですね」

「そうですか」

彼はコートに近寄り、手で触れた。「今日、これを着て外に出ていませんね。乾いています。ハンクはどこにいるんです?」

ドウティはぼくに苛立っているようだった。「あなたの質問に答えるつもりはありません——

どんな質問であろうと、それは変わりません」

「ハンクはコートを着て外に出ていない。しかし、今日彼を見かけていません」

「見かけていませんか？」

ドウティは鼻をこすりながら、ぼくをじっと見つめた。「おっと！　声が変わりましたよ！　ハンクになにかあったんですね」このときは人の心を見透かすことができるのかと驚いたが、彼は質問を続けた、「ハウ先生は怯えているようですね」

「ぼくは忙しいんです」

「どうして怯えているんです？　手斧を黙って失敬するほど、だれを怖がっているんでしょう」

「わかりません」

「どうして銃を貸してあげなかったんです、アシュミードさん？」

「銃を持っていませんから」

ドウティはにやりと笑った。いままで以上に人の神経を逆撫でするような笑顔だった。「いいことを教えてあげましょうか」彼は上着の前を大きく開けた。ショルダーホルスターをつけていて、大きなオートマチック拳銃のグリップがのぞいていた。「ぼくは持っていてさいわいでしたよ、アシュミードさん！」

ぼくは跳びあがった。「その銃をぼくに預けてください、ドウティさん！」

彼は得意そうににやにや笑っている。「まさか、なにがあろうとも！」

そこへプレブル夫人がぱたぱたと戻ってきた。ドウティはこちらにウィンクし、夫人に顔を向けた。夫人と一緒に出ていくのを見送り、ぼくは机に腰かけた。あまりのことに立っていられなかったのだ。今朝のドウティが危険人物だったとしたら、武器を持ち、それを見せびらかすいまは二倍危険になったといえるだろう。

しかし、どうして銃を持っていることをぼくに教えたのだろう？ わからない。どうして理解できない行動ばかりとるのだろう。スプーンを盗んだのはともかく、どうしてカップとソーサーまで盗んだのか？ 真冬にウィンター・スポーツを楽しむ場所へ行くのに、どうしてビーチサンダル、サンタンローション、テニスのラケットを鞄に入れたのか？ 人を殺すつもりの旅行に女の子を誘うだろうか？ なにより、どうやって銃を手に入れたのだろう？ ついさっき、ハウ先生とふたりで尋問していたとき、ドウティは上着の前を大きく開いて腰かけ、ベストの袖ぐりに親指を引っかけていた。そのときはショルダーホルスターをつけていなかった。部屋に銃を置きっぱなしにするはずはないし、彼の荷物はすべてここの床にぶちまけたのだ。

ドウティはどこで銃を手に入れたのか？

Ⅳ

午後〇時二十八分

いつもはエド・ピーターズが初心者にスキーを教えているが、彼はサリー駅に向かっているので、かわりにぼくが教えることにした。外に出ると、ニューハンプシャー中のゲレンデを滑っている顔なじみのレジナルド・ジョーンズ氏がいた。彼はミステリ・ウィークエンドに参加するのは四回目で、スキーの腕はエド・ピーターズに勝るとも劣らない。レジナルドは初心者全員を集め、スキーの基本を教えはじめた。彼は教え方がうまかった。レーヴァリー氏も初心者に交ざっているが、彼はスキーが上手だった。このままいけばスキージャンプの有名選手になれるだろう。その前に首の骨を折らなければ、だが。自分が飛行機になった気分でジャンプしている様子だが、たとえ飛行機でもたまには着陸しなければいけないことを忘れてしまうようだ。

ぼくは本館の正面玄関に立って、レジナルドの講習を見ていた。初心者に斜面で止まる方法を教えている。全員が先を争うようにばたばたと転んだ。レーヴァリー氏が直滑降してから、身体を捻るようにして急停止し、簡単にできることを身をもって示した。それを見ていて、彼ならばメイプル氏の死体をひとりで運ぶことができるのではないかとひらめいた。レーヴァリー夫人は夫を病人扱いするが、身体は頑健だ。スキーが上手だから、必要とあらば深雪のなか重いものを運ぶことも可能だし、頭がおかしい彼ならなにをやろうとも不思議はない。そのうえレーヴァリー氏は敷地内を熟知しているから、暗闇でも自由に行動できた。

彼が死体を移動したとすれば、なにが目的だったのだろう。埋めることはできない。穴に横たえ、上に雪をかけるのがせいぜいだろう。それに、遠くまで移動するのも難しい。とはいえ、遠くまで行く必要はないのだ。穴ならば本館とスケート場のあいだにいくらでもある。もっとも、どこへ向かうかわからない初心者がそこら中を滑っているので、数センチ下に死体が隠されていたら、とっくに発見されているはずだ。

だが、まだ見つかっていなかった。

昨晩、手斧は物置に残してきた。それをとりに行き、第二の殺人に使用し、もとの陳列ケースに戻す。果たしてまともな人間がそんなことをするだろうか。だがレーヴァリー氏ならば不思議ではない。そもそも、プレブル夫人に手斧を返そうとするのを、ぼくが止めたくらいなのだ。ひとつしかない南京錠の合い鍵はハンクが持っていた。しっかりとした南京錠だが、かなり旧型のものなのは事実だ。このホテルを買ったときからあったものだった。

レーヴァリー氏はこじ開けたのだろうか。暗闇で、外気温が零下なのに、こじ開けることなど可能なのだろうか。いっぽうで、見咎められる危険があるのに、まともな人間が手斧を手に持ったまま本館へ戻るだろうか。

ハンクを恨んでいる人物がいたのは知っている。まちがいなくメイプル氏にもいたはずだ。だが、ふたりともを恨んでいる人物がいた可能性はまずないだろう。しかしレーヴァリー氏が犯人ならば、恨んでいる人物や動機を考えても仕方がない。現実的な動機などなく、娯楽として殺人をおこなうからだ。そのうえ、彼はなにをやらせても上手だった。

「アシュミードさん、お願いがあるんです」

ぼくは振り向いた。

ドウティ夫人だった。夏を思わせるすてきなドレスを着ていたが、この天候で充分に暖かい服とは思えない。夫人は音もたてずに近づいてきたので、声をかけられるまで気づかなかった。

「なんでしょう？」

「ニューヨークへ送り返さないでください！」

ハウ先生が約束したとは聞いているが、ぼく自身はそれを実行する予定はなかったものの、そのことを公言するつもりもなかった。「どうしてです？」

「フィルをひとりで残していくのがいやなんです。わたしを必要としているので」

「彼は銃を持っていますから、自分の身は守れると思いますよ」

「そんなものは持っていません、アシュミードさん！」

ぼくはじっと夫人を見つめた。「ご主人は銃を持っていないんですか？」

「絶対に持っていません」

「ご主人が銃を持ち歩いていれば、当然わかりますよね。夜上着を脱ぐたびに、それが目に入るはずですから」

目の錯覚かもしれないが、夫人は答えるときに頬を赤らめたように見えた。「もちろんです」

ぼくは猛然と腹が立った。「ドウティ夫人、一度くらい本当のことをいってもらえませんか？ハウ先生は、夏に荷造りしたままの旅行鞄だというあなたの言い訳を信じているようですが」

「言い訳?」

「そうでしょう!　ご主人の鞄にはテニスのラケットが——」

「ええ、知っています」

「新しいラケットでした。未使用の」

「それがどうかしたんですか?」

「クリスマスセールで値下げした値札がついていました——つい三週間前のクリスマスのセールです」夫人が口を開いたが、ぼくはそのまま続けた。「カメラもありました。予備のフィルムも。フィルムの箱には使用期限が書いてありました。その使用期限のフィルムは、去年の夏はまだ発売されていません。ぼくも写真撮影が趣味なので、フィルムのことは知っています。これはどう説明するつもりですか?」

夫人はまた泣きだした。彼女はサリー・インへ来て以来、泣いていないときはほとんどない気がする。「嘘をつきました」

「それを聞いても驚きませんよ、ドウティ夫人。街で知りあった男性とアバンチュール目的でここへ来たと、ハウ先生には説明したそうですね」

「そんなことはいっていません」

「ちがうんですか?」

「ハウ先生がそうだろうと思っただけです」

「先生の憶測はまちがっていたが、それを訂正しようとはしなかったわけですね。ぼくの見たところ、あなたはアバンチュールに走るタイプではありません。それは命を賭けてもいいくらいです。ドウティ氏と結婚していますね。どうして結婚していないと嘘をついたんですか？」

夫人がどう応じるつもりだったのかはわからない。そのとき叫び声があがり、ぼくはなにごとかと一同が見つめる先に目を向けた。初心者たちはそれに気をとられてばたばたと転び、雪かきしている従業員は手を休めてシャベルにもたれ、レーヴァリー氏もスキーの腕を見せびらかすのをやめてそちらを見ている。

駅はサリー・インの真東にあり、南の方向には斜面が続くだけで、半径十五キロ以内には村ひとつない。ところがその南からスキーで滑ってくる男がいた。これほど速く滑る人間を初めて見た。

外にいる全員が男を注目していたと思う。だれもその場から動かず、みごとな直滑降を繰りかえす男がどんどん大きくなるのを眺めていた。男はぼくが最初に整備したゲレンデまで来た。斜滑降で滑りやすいように旗を並べてあったが、男は旗に気づいたとしても見向きもしなかった。ひょいひょいと木を避けながら、まっすぐ斜面を滑りおりる。斜度三十度の急斜面をひと息に滑走すると、男の後ろに粉雪が白く舞いあがった。

男はスケート場に顔を向け、テレマーク回転でまわりこむと、ぼくの目の前でぴたりと停止した。

彼の顔に見覚えがあった。どうしてもっと早く気づかなかったのだろう。アイナー・スラエルセン以外に、アップダウンのあるあの斜面を滑ることができる人物などいるわけがない。いまのようなみごとな滑走で、回転競技で優勝するのを見たことがあった。

スラエルセン氏は息を乱してもいなかった。

彼はぼくに顔を向けた。

ウインドブレーカーから写真をとりだし、ぼくの顔と見比べている。

「ドウティさん？」彼が尋ねた。

答えようとしたら、玄関からドウティが飛びだしてきた。「ぼくがドウティです」

ドウティの顔を確認し、納得したようだ。ふたりは周囲に会話が聞こえない場所へ移動した。

その場の全員がふたりに注目していた。

ぼくもそうだった。

スラエルセン氏はかなり大きな円筒形の荷物を渡し、ドウティは引き替えに小さな荷物を手渡した。スラエルセン氏は受けとった荷物を慎重にしまいこんだ。

ふたりはなにか話している。

ひと言も聞こえてこなかった。

ふたりが握手をした。

声をかけるならいまだと感じた。

ぼくはふたりに近づいた。

「アイナー・スラエルセンさん、ここまでいらしたのですから、お帰りの前になにか召しあがってください」

彼は名前を呼ばれて嬉しそうな表情を浮かべたが、首を横に振った。

「では、せめてコーヒーでも」

「いや、結構です」

スラエルセン氏はもう一度かぶりを振り、まわれ右をすると勢いをつけてスケート場を滑りだした。あっという間に渡りきり、気づくと尾根の向こうへと姿を消していた。

一同、言葉を忘れたようにスラエルセン氏を見送った。だれひとり挨拶すらしなかったのはまちがいない。彼が背中を向けて滑りだしたとき、遠くから声をかける者もいなかった。彼は空を飛ぶ鳥のように前触れもなく舞い降りたかと思うと、また静かに姿を消した。

ドウティがさっきまで立っていた場所に顔を向けた。彼には質問したいことが山ほどあるし、ぼくにはそれを訊く権利があるはずだ。「ドウティさん」ぼくは呼びかけた。

だが、ドウティはそこにいなかった。

V

午後〇時五十四分

手記を書いたところで、ただの時間の無駄なのかもしれない。もしかしたら、もっとやるべきことがあるのかもしれない。しかし、またも惨事が起こるとしても、それを防ぐ手立てなどなにひとつ思い浮かばないことを正直に記しておく。

こうして手記を書いていても、現実に事件が起こったとはとても信じられなかった。宿泊客は休暇を満喫している。ここへ来て知りあった者同士、冗談をいいあい、楽しそうに談笑していた。あと数分で午餐の時間だから、みな健康的に腹を空かせて食卓につくのだろう。それでいながら、昨晩このホテルでふたりの人間が殺され、ついさっきあやうく三人目の犠牲者が出るところだったのも事実なのだ。この最新の事件については、まったく事情がわからないので詳細は記述できないが、事件が起きた数秒後に駆けつけたことだけは断言できる。ともかく、午餐の前に手記を書きおえるつもりだ。つぎに襲われるとしたらぼくだろう。

ドウティが姿を消したことに気づき、ぼくは本館に戻った。

フロントにスティーヴがいた。まだ十八歳にもならない地元の少年だ。

「スティーヴ、ドウティさんが入ってくるのを見たか」と尋ねた。

「はい。部屋へ戻るとおっしゃっていました」

「彼を捜し、ぼくがお目にかかりたいといっていると伝えてくれ」

「かしこまりました」スティーヴは元気よく答え、一段飛ばしで階段を駆けあがった。ぼくはオーナー室へ戻り、手記の続きをタイプすることにした。前述したとおり、タイプライターに向かうと、顔は開いているドアへ向く。ぼくは数秒おきに顔をあげては、ロビーの様子を見守った。

シンシアボックス夫妻が前を通り、階上《うえ》へ向かった。夫妻は外から帰ってきたようだ。

メアリー・フィッシャー嬢がスケート靴を片手に通りすぎた。

それ以外にも数人の宿泊客が通った。だれもが午餐前に身だしなみをととのえるために自室へ向かった。

スティーヴが戻ってきた。「ドウティさんは忙しくて手が離せないそうです」

これは重要な点だが、スティーヴが戻ってくるのに三分から四分かかった。

「ドウティさんはどこにいる?」

「部屋です」

「なにをしていた?」

「新聞をお読みでした」

「ひとりで?」

「奥さまもいらっしゃいます」

「ドウティ夫人はなにをしていた?」

「奥さまも新聞をお読みでした。おふたり一緒に読んでらしたんです」

ぼくはそれについてじっくり考えた。「スティーヴ、おまえがノックしたとき、ドウティさんの対応はどうだった？　どうぞと声が聞こえたのか？」

「ちがいます。奥さまがドアを開けてくださいました」

「それならば、どうして新聞を読んでいるとわかったんだ？」

「アシュミードさんはなにも教えてくれませんが、なにかよくないことが起きたことはわかって――」

「どうしてわかった？」

「顔を見ればわかります」

「続けてくれ」

「ドウティさんの部屋をノックする前に、忍び足で近づいて、鍵穴からなかをのぞいてみたんです」

いつもならこっぴどく叱りつけるところだが、いまは非常事態だ。「スティーヴ、五分後にもう一度部屋を訪ねて、いますぐお会いしたいと伝えてくれ」

「かしこまりました」

「フロントで五分待つんだぞ。おまえがのぞき見しているのを知られたらことだ」

スティーヴがオーナー室にいた時間は二分から三分だった。

ぼくは手記の続きにとりかかった。

あっという間に五分たった。

スティーヴが開けたままのドアをノックした。「ドウティさんはすぐに降りてこられるそうです」

「まだ新聞を読んでいたのか？」

「はい」

「おなじ方法で確認したのか？」

「そうです」

「今回にかぎってはかまわないが、それを習慣にしないように」

ぼくが本館に戻ってきてから十二分以上、十五分以内の時間がたっていた。そのとき、ぼくとスティーヴはどしんという大きな音を聞いた――それ以外に表現しようのない音だった。

腕時計を確認することは思いつかなかったが、午後〇時四十分から四十三分のあいだだったのはまちがいない。

「いまの音を聞いたか、スティーヴ？」

「はい」

なにごとかとスティーヴは走っていった。すぐに「アシュミードさん、アシュミードさん」と呼ぶ声が聞こえた。

ぼくも駆けつけた。

スティーヴは娯楽室にいた。床に倒れている人をのぞきこんでいる。

それ以外、室内に人影はなかった。

倒れている人の上体にはコートがかけてあった――ハンクのコートだとひと目でわかった――急いでそれを剝ぎとった。

ハウ先生だった。頭の傷から出血している。

まだ生きていた。

スティーヴとふたりで椅子に座らせると、先生が目を開いた。

「ジェド！　ジェド！」

「大丈夫です、先生」

ドアを閉めて、廊下で見張り番をするようスティーヴに命じた。だれもなかへ入れないようにと。

「ジェド、殺されるところだった！」

「だれに？　先生、犯人はだれだったんです？」

「やつらに手斧を盗られた」

「やつら？　だれのことですか？」

「ジェド、わたしにもわからんよ！」先生は歯をがちがち鳴らしていた。そのとき窓が開いているのに気づき、ぼくは閉めにいった。

「先生、早く説明してください！　なにがあったんです？　襲われたのはいつですか？」

「娯楽室に来て——」

「何時でした？」

「わからん。いま、何時なんだ？」

ぼくは腕時計を見た。「午後〇時四十五分です」

「せいぜい十五分前か、そんなところだろう……」

「それで、どうしたんです？」

「窓辺に立って、スキーをする人たちを眺めていた。コートなしで外へ出る気にはなれんが、知ってのとおり、わたしのコートは……」

「それで？」

「五分ほど眺めていた——十分だったかもしれん。わたしは葉巻に火をつけた。精神的に限界だった。ポケットから時刻表をとりだし、時間を調べはじめた。ここを離れたかったんだ、ジェド！」

「それで？」

「突然、頭にコートをかぶせられたんだ。大声をあげようとしたが、手で口をふさがれ、もういっぽうの手で腰をつかまれた。それとはちがう二本の手に身体を探られ、胸ポケットに入れてあった札入れを盗まれた。手斧は外側のポケットに柄を突きだして入れてあったんだが、それも盗られた。そのあと、だれかに殴られた。たぶん手斧で殴られたんだと思う」先生が頭の傷に触ると、手が血だらけになった。「ひどい怪我なのか、ジェド？」

「コートをかぶされていたのは幸運でしたね、先生！」

「そうだな」さっきは怯えて神経質になっていたが、いまは落ち着きはらって怪我の程度を気にしている。医者としての本能がそうさせるのだろうと感じた。先生はもう一度傷に手をやった。

「それほど深い傷じゃなさそうだ。頭皮の怪我は出血が多いが」

「ふたり組に襲われたんですか、先生？」

「四本の腕を持つ人間じゃなければな。同時に四つの手に触られたんだ」

「手斧と札入れを盗まれたんですね？」

「そしてわたしを殺そうとした——以上」

「先生、もう一度確認します。犯人がふたりいたのは絶対にまちがいないですか？」

「まちがいない！」

「どんな声でした？」

「ひと言もしゃべらなかった」

「どちらも？」

「そうだ」

「どちらのほうからやって来ました？」

「わからん。それほど耳がいいわけじゃないんだ、ジェド」

「どうやって逃げたんです？」自分で訊いておきながら、愚問だと自覚していた。犯人がロビーを通ったのなら、ぼくが目撃しているはずだからだ。

「わからん」

「先生が来たとき、窓は開いていましたか？」

「まさか！　もちろん閉まっていたさ」

「では、犯人は窓から逃げたんですね！」

ぼくは窓に駆けより、窓の外を見た。ベランダには雪が積もっていたが、たくさんの足跡が残っていて、それ以上のことはわからなかった。

今度はドアに急いだ。

ドアの外にはスティーヴがいた。

どうしてそれを尋ねたのかは不明だが、確認しておく必要があると感じた。「スティーヴ、ドウティさんはどこにいる？」

「まだ降りてきていません」

そのとき本館の正面玄関の扉が開き、奇妙なものが入ってきた。スノーシューを履いたドウティだった。冬期向きの服装ではないので、全身雪まみれで、歯をがちがち鳴らしている。

厚かましさもここに極まれりだった。「やあ、アシュミードさん！　ハウ先生！　スノーシューで歩くのは簡単ですね。だれにでもできそうだ」

「スティーヴ、ドウティさんにぴったりくっついて、いっときたりとも目を離すんじゃないぞ」

ドウティはハウ先生に近づき、まじまじと顔を見つめた。「どうしたんです？　頭をぶつけたんですか？　打ち身によく効くアメリカマンサクを塗っておいたほうがいいですよ」

「スティーヴ、いまの指示は聞こえたな」ぼくは確認した。

ドウティはにやりと笑った。「では、ぼく専用のベルボーイがつくわけですか。かまいませんよ。じゃあ、行こうか、スティーヴ！」

「ジェド、午餐は遠慮しておく」ハウ先生がいった。

「わかりました」

「横になりたいんだ」

「ロビーの向こうのオーナー室まで歩けますか？　ぼくの腕につかまってください」

先生は冷静だった。「その必要はない、ジェド。ほかの客が見たら変に思うだろう。それより、頭の傷を隠したいから帽子を貸してくれないか」

いまハウ先生はオーナー室の長椅子に横になっている。すばらしい。彼こそ真の勇者だ。気分はどうかと尋ねると、「大丈夫だ」と応じた。ウィスキーをすこし飲ませると、顔に血の気が戻ってきた。

午餐の時間だ。オーナーとして、欠席するわけにはいかない。先生にはなかから鍵をかけるように伝えた。そうすれば安全だ。

午餐を告げるどらが鳴った。

VI

午後三時四十五分

これでぼくの手記は終わる。このホテルは静かで平和な場所だった。それが一日のうちに信じがたい事件が立てつづけに起こり、それだけでは足りないというのか、さらにまた二件も事件が起こった。眩暈がしてきた。

事件の真相を考えることもやめた。これほど不可解で、目的が理解できない事件など解決できるわけがない。こうなると、どうしてもレーヴァリー氏のことが頭に浮かぶ。唯一、普通の感覚での目的という言葉が意味を持たない人物だ。だが、彼に不利な証拠はひとつもない。正確を期するならば、だれに対しても不利な証拠はない。ぼくにできるのは、事実を記録することだけだろう。神に誓って、この記録には真実しか記していない。しかし、手記の内容が信じられないといわれても、その相手を責める気にはなれない。ぼく自身、一連の事件は悪夢としか思えないのだ。目を覚ましたらすべてが終わっているような気がする。だが信じられないとはいえ、現実に起こったのは事実だ。ドアは内側から施錠してあった――そこから抜けだすのは不可能だが、なぜか施錠した本人が姿を消してしまった。雪の上を歩いたとしか思えない――だが足跡は残っていなかった。なにより驚くべきなのは、死体が蘇ったことだ。死体が蘇り、もう一度死んでしまった。

手記は食事を告げるどらが鳴ったところで終わっているので、そこから再開しよう。

ハウ先生は長椅子に横になっていた。「先生、見てください。ドアには錠がついています。午餐に行ってきますから、ぼくが出たらすぐに錠をかけてください。そしてぼくの声を聞くまで、絶対に開けないでください」と声をかけた。

「わかった、ジェド」と答えがあった。

「必要なときは、ベルを鳴らしてください。机の隣、ここにボタンがありますから。すぐに飛んできます」

先生を残してオーナー室を出ると、ドアを閉めたあとに錠をかける音が聞こえた。

ぼくは食堂に向かった。

あらかじめ席の配置を変えておいた。ドウティ夫妻、レーヴァリー夫妻、プレブル夫人、メアリー・フィッシャー嬢をおなじテーブルになるようにしたのだ。七人しかいないが、ハウ先生がこんなことにならなければ、同席してもらうつもりだった。それならちょうど八人になる。

食堂に足を踏みいれてすぐに、スティーヴが戸口に立って目を光らせているのに気づいた。ぼくは心強く感じ、本人にもそう伝えた。またハウ先生がベルを鳴らしたら教えてくれと頼んだ。

ぼくはテーブルの上座についた。右手にはドウティ夫人とレーヴァリー夫妻、左手にはフィッシャー嬢、ドウティ、プレブル夫人が座っている。彼らはぼくを待たずに食事を始めていた。話が弾んでいる様子で、期待どおりプレブル夫人がスキーヤーについてドウティを質問攻めにしていた。まさにこれが狙いだったので、黙って耳を傾けた。

ほんの数時間前にはドウティなる小説家など存在しないと断言していたが、どうやら意見が変わったようだ。

「全然存じませんでしたわ、ドウティさん」プレブル夫人は嬉しそうに声を張りあげた。「そんなに有名な小説家でらしたなんて！」ドウティはお世辞を聞きながら飲み物を口に運び、テーブルの向かい側に座っているドウティ夫人は憧れのまなざしで夫を見つめていた。「もちろん、あれは新しいご本の校正刷りですわよね」

「そのとおりです」ドウティは答えた。

「引き替えに渡したのは、つぎの章の校正刷りとか？」

「ご名答！」

レーヴァリー夫人が口を挟んだ。「ドウティさん、今度もミステリ小説ですか？」

彼はうなずいた。

「だれかが殺されます？」

「ほぼ全員が殺されます」

この答えが満足だったらしく、レーヴァリー夫人の反応は「まあ、すてき！」だった。

メアリー・フィッシャー嬢が口を開いた。彼女の意見はつねに傾聴に値する。「かねがね不思議なんですけど、登場人物を殺す独創的なアイデアを思いついたら、それを実際に試してみたくならないかしら」

レーヴァリー氏が応じた。「たぶん、試しています」

ドウティはまっすぐぼくを見た。「作家本人が試す必要はないのかもしれません。かわりにほかの人が試してくれれば」彼はそこで言葉を切った。そう感じるのはこれが初めてではないが、ドウティは人の心を見透かすことができるのではないだろうか。だが、いまは黙って聞いているしかなかった。ショルダーホルスターのせいで上着がそこだけふくらんでいる。そこに差してあった大きなオートマチック拳銃を思いだし、大勢で力ずくで押さえつけて没収するあいだに、彼は何発撃てるだろうかと考えた。

ドウティはテーブルの向かい側に椅子が一脚空いているのに目ざとく気づき、すかさず詮索を始めた。「あれはハウ先生の席ですか？　先生はどうしたんです？」

「食事には来ません」仕方なくそれだけいった。

「具合が悪いんですか？」

「ただの風邪です」

「ハウ先生はそれはすばらしいかたですのよ」プレブル夫人が口を挟んだ。これにはおやっと違和感を覚えた。夫人は先生をきらっているので、褒めるところを見るのは初めてだった。だがこの疑問は続く夫人の発言で氷解した。「アシュミードさんはご存じですの？　先生の実験になにか進展が――」

ぼくは唇に指をあてたが、ドウティはそれを見逃さなかった。

「先生は実験をしているんですか？　どんな実験なんです？」

鼻っ柱をへし折ってやるいい機会だと思った。「ちょっとこの場ではお話しできないことなんです」

だがそれくらいでプレブル夫人が引きさがるはずがなかった。「あら、どうして話題にできないのかわかりませんわ、アシュミードさん。しみが何世紀も前のものであっても――」

ぼくは慌てて遮った。「博物館で展示するという話になれば、買ったときとは比べものにならない値段がつくかもしれませんね」

夫人は即座に理解し、「まあ！」と息を呑んだ。ぼくは夫人に新しい手斧を贈るのを忘れないようにと心にメモをした。もっともいまの会話のせいで、夫人はあの手斧のかわりに新しいものを受けとるのをいやがるかもしれない。

ぼくはドウティに顔を向けた。この機会にぜひとも訊いておきたいことがあったのだが、プレブル夫人のおかげで切りだしやすくなった。「ぼくが詮索するようなことじゃありませんが、あのスキーヤーはどこから来たのだろうと不思議に思いました」

ドウティは例によっていけしゃあしゃあとこちらを見た。「そうですか？」

ぼくも負けじと穏やかに続けた。「ええ、サリー駅から来たはずはありませんから」

「どうしてです？」

「サリー駅とホテルをつなぐ道は東側にあるんです。彼は南から来ました」

ドウティはやけに愛想がよかった。「それがどうかしたんですか？」

「いや、ひとつ気になることが。南の方向には何キロも先まで村がないんです」

「スキーならばかなりの距離を移動できますわね」メアリー・フィッシャー嬢が指摘した。

ぼくはうなずいた。「それはそうです。しかし、どうしてサリー・インにドウティさんを訪ねてきたんでしょう？　ドウティさんはミステリ・ウィークエンドに参加して、昨日の午後ニューヨークを発ちました。その時点では、彼自身どこへ向かうのか知らなかったんです。目的地がわかったあとで友人に教えることもできませんでした。電話が不通でしたから」

彼はゆっくりとウィンクした。ますますしゃくに障る。まるでこの会話を楽しんでいるかのようだ。「アシュミードさん、昨晩とおなじくらい理路整然と考えていたら、そんな質問はするまでもなかったでしょうね」

それまで黙って話を聞いていたレーヴァリー氏が突然大声をあげた。「わかった！　わかりました！　スキーヤーははるばるニューヨークからやって来たんですよ——飛行機で！　飛行機はホテルのそばに着陸できません。地面が平らじゃないからです。でもゲレンデの向こうには着陸にうってつけの平坦な場所があります！　飛行機がそこへ着陸して、スキーヤーはそこから十五キロほど滑ってきただけですよ！　だから南から来たんです！」

レーヴァリー夫人が早速始めた。「ああ、あそこよ、あなた！　エンジンを切って！」それをドウティが遮った。「レーヴァリーさん、ご明察！　脱帽しました」

一同、あっけにとられてドウティを見つめた。

「ニューヨークから来たんですか？」ぼくは尋ねた。

「ええ」

「なんのために？」我慢できずにその疑問を口にしたのはプレブル夫人だった。

「朝刊を届けるためです。ほら」ドウティはポケットからすこし新聞を引っぱりだし、日付をメアリー・フィッシャー嬢とプレブル夫人に見せた。一瞬のことだったので、ぼくに見えたのは見出しだけだった。

プレブル夫人が息を呑んだ。「新聞を届けるためだけに、わざわざニューヨークから飛行機で来たんですか？　なんて贅沢な！　それなのに、新作の校正刷りだなんて説明したんですね？」

ドウティは厚顔無恥にもにやりと笑った。「あれは嘘だったんです、プレブル夫人。ぼくは嘘つきなんですよ。そのときの気分で嘘をつくことは、アシュミードさんがよくご存じです」

「しかしいまは嘘をついていないはずです、ドウティさん！」ぼくはいった。「スキーヤーの顔に見覚えがありました。アイナー・スラエルセン氏ですね。ポケットの新聞を開けば、ニューヨークのデパートの大きな広告が載っているはずです。今月いっぱい、アイナー・スラエルセン氏が特設屋内ゲレンデでスキーの模範演技を見せると！　だから彼がニューヨークから来たことに疑問の余地はありません。それ以外にこの速さで移動する手段はないので、飛行機を使ったのも本当でしょう！」

ドウティは楽しそうに笑った。「アシュミードさん、どんどん頭が冴えてきましたね！　この調子でいけば――」彼は途中で言葉を切った。テーブルの上に身を乗りだし、ぼくに顔を近づけた。「ハウ先生の風邪について教えてくださいよ。メイプル氏とおなじような風邪じゃありませんか――あるいはシモンズ氏ともおなじかな？」

自分の髪という髪が逆立つのを感じた。ドウティは知っているはずのないことまで知っているようだ。それはまちがいない。ハンクの死を知っているのは三人しかおらず、そのうちのだれかが教えたのではないことは確信があった。

それにどう応じるつもりだったのか、いまとなってはわからない。そのとき戸口のスティーヴが必死の形相で手招きしていることに気づいた……。

ぼくは時間が重要だと気づいていた。そしてこれまでの手記はかならずしも正確な時間が記されていないことも自覚していた。会話にしても、ごく一部を記録しているだけだった。ぼくが食堂に足を踏みいれたときにはもうスープが供されており、席を立ったのはデリートが運ばれてきてからだ。だから三十分以上四十五分以内の時間テーブルについていたことになる。そしてそのあいだテーブルの七人が交わした会話は、記録に残したものの倍の量になるだろう。しかし、スティーヴが手招きしていることに気づいたときは、なにが起きたのかと気が動転するあまり、腕時計の確認を怠ったため、正確な時間を記録に残すことはできない。

ぼくは一同に非礼を詫び、もはやなりふりかまわずスティーヴのもとへ急いだ。「どうした？」

スティーヴはひどく怯えていた。まだ十七歳だということはたしかすでに記したはずだ。「アシュミードさん、大変なことが起きました！」

「なにが大変なんだ？　どこで起きた？」

「階上《うえ》の八号室です」

「ハウ先生の部屋じゃないか！」

「そうです」

「だが先生はオーナー室にいるぞ！」

「知っています」

「それで、なにがあった？」

「なにか恐ろしいことが起きました、アシュミードさん！　さっき客室係に呼ばれたんです」客室係の恐怖が伝染したかのように、スティーヴの声は震えていた。「幽霊がいるというんです！　とにかく早くアシュミードさんを連れてきてくれと！」

ぼくたちは階段を半分ほどあがったところだったが、背後から足音が聞こえた。

ぼくはくるりと振り向いた。

ドウティだった。

「ついてこないでください！　来てほしくないんです！」

彼は大きなオートマチック拳銃を握りしめていた。もう片方の手をぼくの腕にかけ、こういった。「アシュミードさんの命を守ってあげようとしているのに、どうしてそれがわからないんですか」

「あなたは信用できません！」

「いまは信用できるかどうかを議論している場合じゃないでしょう。八号室でなにが起きたのかを確認するのが先です」

銃を持っている人間には逆らえない。ぼくは黙って階段をのぼった。

客室係のメイベル・ホリーはドアの外で待っていた。壁に寄りかかっているが、顔は蒼白で、ぶるぶる震えている。いまにも気をうしないそうな様子だった。

「アシュミードさん、なかに入ろうとしたら――その、お部屋を片づけようと思って」メイベルはとぎれとぎれに説明するのがやっとだった。「ドアには鍵がかかってました――なかから。あたしの鍵を差しこんだら、鍵が落ちたんです――音が聞こえました」

「それで？」

「だって、部屋にはだれもいないはずなんです。ずいぶん前にハウ先生が下へ降りていくのを見ましたから。鍵は開いてます。アシュミードさん、なかを見てください」

室内は絶句するほど乱雑をきわめていた。家具は転倒し、炉棚に置いてある立派な時計は床に落ちて壊れている。窓は大きく開いていて、凍えるような寒風が吹きこんでいた。ベッドのマットレスやシーツ類も引き剝がされて、窓のそばにぞんざいに積んである。白いシーツにはまだ乾いていない血が点々とついていた。

その下からズボンを穿いた二本の足が突きでていた。

かがみこんでシーツを剝ぎとろうとすると、ドウティの声が聞こえた。「気をつけて、アシュミードさん！」

「なにに気をつけるんです？」

「とにかく慎重に！　そっとシーツを剝がして。そのあいだぼくが銃を向けていますから」

ドウティはとうとう頭がおかしくなったのだと思ったが、武器を持った人間に反論する気はなかった。

そっとシーツを剝がした。

小柄な男が仰向けに倒れていた。半分目を開いており、鼻が細長い。薄手のコートを着ていた。顔を観察したが、血まみれなのでだれかはわからなかった。

ドウティはどうしたかと振り向くと、彼はすでに男の上へかがみこんでいた。ポケットを叩き、武器を隠していそうな場所をすべて確認している。

ドウティは上体を起こし、「これで安心だ。銃は持っていません」というと、自分の銃をしまった。

ぼくはまじまじと彼を見た。「どうして銃を持っていると思ったんです？　そもそもこの男はだれですか？」

「わかりませんか？」

「初めて見る男です！」

「そんなことはありません。昨晩見ています、ほんの三十分前に死んだばかりのところを。おなじみのメイプル氏ですよ！」

ぼくは頭がくらくらしてきた。「メイプル氏？」

「そうです！」

「メイプル氏！」

ドウティは男に話しかけた。「そうだよな、鉤鼻《かぎばな》？　おまえの名前はメイプルだろう？」

血のついた唇が開き、弱々しい声が漏れた。「ああ……名前は……メイプルだ」

人間の適応力というのは驚異的だ。目の前に倒れている瀕死の重傷を負った男は、昨晩物置へ置いてきたはずの死体だと理解したとたん、ぼくの口から出た言葉はこれだった。「ドウティさん、医者に診せないといけません」

「それは名案だ、アシュミードさん。医者を探しに行きましょう」ドウティは戸口から動けないでいるスティーヴに顔を向けた。「坊主、見張り番をしていろ。なにかあったら大声で叫ぶんだぞ」

「わかりました」

続いて客室係に声をかけた。「きみは先にほかの部屋の片づけをしていてくれないか」

メイベルは頬をふくらませた。「あたしはアシュミードさんのいうことしか聞きません！」

「では、アシュミードさん？」

「彼のいうとおりにしてくれ、メイベル」

「いっておくが、このことは他言無用だ！」

我々は階下へ向かった。「急ぐ必要はありません」とドウティがいった。「もっとにこやかな顔をして、なにかおもしろいジョークでも聞かせてください。お客さんに事件を知られたくないんですよね？」

我々はロビーを通りぬけた。

ドウティが呼びとめた。「見てください！」

「なにをです？」

「この大昔の武器は実に興味深いですね、アシュミードさん。博物館で展示することになり、買ったときとは比べものにならない値段がつくかもしれません」

あの手斧がプレブル夫人の陳列ケースの定位置におさまっていた。

ぼくは息を呑んだ。だがドウティはくすくす笑っている。「これは正統なネイティヴ・アメリカンの武器ではなさそうです。オーストラリアのブーメランや伝書鳩の強い影響を受けているのはまちがいないでしょう」

オーナー室の鍵がかかったドアの前に来た。

ぼくはノックした。

ドウティの度胸がぼくにも乗りうつったようだった。ここまで来たら、もうなにが起ころうとも驚かない。

反応はなかった。

「もう一度ノックしてみましょう」ドウティが小声でいった。

ぼくは再度ノックし、「ハウ先生、ハウ先生！」と呼びかけた。

「応答はありませんね。鍵は持っていますか？」

「ええ」

「開けましょう。鍵をまわして」

鍵をぐるりと一回転させた。

「開きませんね」

「ええ」

「おそらくデッドボルト錠なんでしょう。もう半回転して」

ドウティがまたオートマチック拳銃をとりだしたが、なんとも思わなかった。事態はとっくにぼくの理解を超えていた。

ドアが開いた。

室内は無人だった。

窓が大きく開いていた。

「洗面所も確認してきます」ぼくはいった。

「そんなところにはいませんよ」

ドウティの言葉どおりだった。

窓の外を見ると、ここもかなりの積雪だった。

「足跡は?」ドウティが尋ねた。

「ありません——なんの痕跡も残っていません!」

ドウティはにやりと笑った。「それはまたみごとなお手並みで——」

「ドアのデッドボルト錠はなかからかけてあったのに？」

「なんの痕跡も残さずに雪の上を移動できる人間にとっては、そんなものはなんでもありませんよ――メイプル氏のところへ戻りましょうか」

我々はオーナー室を出た。

食事を終えた人びとが三々五々食堂から出てくるのが見えた。こんな恐ろしい事件が起こっているとは、だれひとり夢にも思っていないはずだ。

見張り番をしていたスティーヴの前を通って部屋に入ると、後ろでスティーヴがドアを閉めた。ドウティが床の時計を拾いあげた。落ちていることには気づいていたが、そのままにしてあったものだ。時計は止まっていて、針は〇時五十八分を指していた。「アシュミードさん、一時二分前にはなにをしていました？」

「オーナー室で書き物をしていました」

「ハウ先生は？」

「オーナー室の長椅子に横になっていました」

「ぼくは？」

「知りません」

彼はメイプル氏に近づき、乱暴に腕を揺すった。「おい、鉤鼻。だれに殴られたんだ？」

メイプル氏の声はさらに弱々しくなっていた。「倒れて――頭を――ぶつけた」

「だれかに襲われたんじゃないのか?」

返事はなかった。

「アシュミードさん!」

「はい?」

「この部屋のドアはなかから施錠してあったんですよね?」

「疑問の余地はありません」ぼくはきっぱりと答えた。

「たしかですか?」

「客室係がマスターキーを差しこんだら、なかの鍵が押しだされたそうです」

「まちがいありませんか?」

「ここに鍵が落ちています。落ちたままになっていたんですね」

「なるほど。ドアはなかから施錠されていた、と。ではいったいどこから逃げたんでしょう?」

「窓に決まっています!」

「自分の目で確認してください」

ぼくは窓を開けた。屋根にも厚く雪が積もっていたが、きれいなままだった。

ドウティはにやりと笑った。「何者かに運ばれたのかもしれませんね——二度の前例に倣って!」彼は窓を閉め、メイプル氏の横に跪《ひざまず》いた。「おい、鉤鼻!」

返事はなかった。

メイプル氏の出血している頭を両手でつかみ、揺さぶった。「鉤鼻！　おまえに訊いているんだ！」

メイプル氏の声は聞きとるのがやっとだった。「うん？」

「おまえも一巻の終わりか？」

「ああ――その――ようだ」

「だれにやられた？」

「それは――話せない――わかるだろ？」

「なにも説明できないというのか？」

答えが返ってくるまで長く待たされた。「そうだ」

「なにを話せないというんだ？　おい、鉤鼻！　いったいなにを説明できないんだ？」

「おれは――もう――」

「なんだ？」

「もう――見せられない――」

「なにを？」

「どうやって――テレマーク回転を――するのか……ほら――こうするんだ」

メイプル氏は目を閉じた。

ドウティはメイプル氏の手首に手を伸ばし、脈を探った。

ドウティはこちらに顔を向けた。突然表情を引きしめ、大真面目に告げた。「今度は見せかけだけじゃない。メイプル氏は本当に死亡しました」

ちょうど手記を書き終わったとき、ドアをノックする音が聞こえた。

エド・ピーターズだった。

「どうしてこんなに早く戻ってこられたんだ?」

「トーントンまで行く必要がなかったからです、アシュミードさん。途中でばったり警官に会ったので。アシュミードさんから通報があったといっていました。どうやって通報したんですか? 電話がつながるようになったんですか?」

「まだつながっていない」

だがエド・ピーターズはその点に興味がない様子だった。「まず納屋に寄ったんです」馬が心配でそうしたのだろう。「そうしたら、馬丁がひとり行方不明だそうです」

どうしてかはわからないが、ぼくはそれを聞いて笑いだした。

これでぼくの手記は終わりだ。

第4章　フィリップ・フェニモア・ドウティの手記

さっさとしてくれ、アシュミードさん！

イエスかノーか、いますぐ返事を聞きたいんだ！

ハンクの手記を渡してくれ――そのために二十ドル払ったんだ――それにハウ先生の手記も欲しい。リナベリー嬢はどちらもカーボンコピーを作っていたから、コピーのほうも要求する。もちろん、きみの手記もだ。きみが大量の手記を書いたことは知っているんだ。近くを通るたび、タイプライターをカタカタ叩く音が聞こえたからね。

どうして手記を欲しがるのかって？

朝刊を楽しみにしていてくれ――記事を読めばすべてわかる。

とにかく手記が必要なんだ。それもいますぐに。警官に先を越されたら、証拠として没収されてしまう。原本とコピー、両方とも。忌々しいかぎりだが、なにごとも徹底すると決まっているんだ、警官というものは……。

たしかに証拠にはちがいないが、ぼくが協力しなければなんの役にも立たないだろう？　はっきりいっておく。自分のやり方でできないなら、捜査に協力なんてしない。ぼくは新聞記者だから、社会部長の意向を優先するよ。

見返りはないのかって？　当然の疑問だ。ぼくの手記を進呈しよう。それを読めばすべての疑問が氷解するはずだ。それを警察に渡せば、客はこぢんまりとした静かなホテル周辺で事件が起こったことすら知らないまま、帰途につくことになる。ぼくの手記にはそれだけの価値があるし、なんならいますぐ口述を始めよう。それだけじゃない。サリー・インの名前が紙面に載らないように尽力する――できるかぎり。これはスクープ中のスクープだから、ほかの記者連中に嗅ぎつけられる心配もないことだし。

取引成立か？

のんびりしている時間はないんだ。警察はこちらへ向かっている。だがスキーでじゃない。警官というものはどこへ行くにも車を使うのは知ってるかい？　吹きだまりに突っこんだら、そこから抜けだすのに一時間か一時間半はかかるだろうな……。

十分前の電話で、ぼくが信頼できる人間だということは確認できただろう？　電話局のほうが不通になってしまったが、ぼくのボスならばなにがあろうと修理させ、真っ先にぼくへ電話をかけてくるのはまちがいない！　まったく、ボスの声を聞いて嬉しいと思う日が来るとはね！　必要な情報は入手できた。おかげでパズルのピースはすべてぴたりとはまった。いくらか推測が混じっているのは否定できないが――新聞の発行部数ときたらきみの想像を超えていて、そのためには……。

承諾してくれるか？

やった！

手記をくれ！　それを読みながら口述する――祈りの力を信じているなら、警官の車のエンジンが故障したり、ラジエーター液が凍結したり、タイヤがパンクしないように祈っててくれ。そんなことになったら、車を降りて歩きだすだろうから、あっという間に到着してしまう。

リナベリーさん、用意はできたかい？

よし、始めよう！

Ⅱ

ぼくの顔が赤い？

まあ、それも当然だね。

昨晩、ハンクがメイプル氏の死体を発見したあと、物置に行ったぼくはすぐにピンと来なければいけなかった。

手がかりは一目瞭然だったのに、それを見過ごしてしまった！　目の前に転がっていたのに、その意味が理解できなかった！

普段ならそこまで頭の回転は鈍くないんだが、昨夜は事情が——無理もない事情があったので……その、個人的な事情が……。

ハンクは気づいていたか？ いや、手がかりを記しているだけだ。手記で何度か言及しているが、彼がその意味に思いいたることはなかった。実に単純なことだったのに！

ハンクは運が悪かった。その意味に気づいていたら、いまもぴんぴんしていただろうに——ああ、彼の身になにが起こったのかもわかっている。そしてぼくは運がよかった。ぼくが気づいていたら、まちがいなくべらべらしゃべっていただろうし、当然ふたつ目の死体はハンクじゃなかったはずだ。そう、絶対に！ ぼくが死体になっていたはずだ！

それはある真実を示しているように思うが、いまはうまい言葉が思いつかない。ときには頭の回転が鈍いほうが、幸運に恵まれるのかもしれない——ときと場合をまちがえなければ。

なにが手がかりだったかって？

懐中電灯だよ。その話はまたあとで……。

たまたま鉤鼻シコッティを見かけたことから始まったんだ……。

鉤鼻シコッティというのは、なんとかして〈ジョーゼフ・メイプル〉になりたかった男さ。

ニューヨーク中の警官がやつを捜していた。ブロードウェイと六十四丁目通りの交差点の赤信号で停車したら、隣のタクシーに長い鼻が見えたときには驚いたなんてものじゃなかった！

ひと目で鉤鼻だとわかった！　《社会の敵》九位の鉤鼻シコッティ――今年は初めて一桁入りを果たしたが、この街のランキングに末長く登場することはなさそうな気配だった――その鉤鼻シコッティが膝に旅行鞄を載せているということは、どこかに逃亡するつもりにちがいない。

街中のはしこい警官が自分を捜しているうえ、悪党仲間に見つかったら最後、蜂の巣にされるのはまちがいなしときたら、逃げだすのも無理はないと思わないか？

鉤鼻はそういう状況だったんだ。

やつは苦境に陥っていた。

鉤鼻はよく働く男だった！　それ以前は知らないが、七、八年前はジョー・トゼッリの下で密造酒を売っていた――名をジョーゼフにしたのは、ジョーから思いついたんだろう――ジョーが殺されたあと出世して、幹部におさまっていた。

いや、やつはたいしたタマでね！　警察も仲間も掌で転がしていた。そのうえ、引退したあとのために、金をこっそり自分の懐に入れていたという噂だ。引退なんてできるかどうかもわからないのに！　ところが最後にしくじって――詳しいことを知りたければ、新聞を読んでくれ――どこかに身を隠すしかなくなった。

とにかく、信号が変わったので、仕切りのガラスを叩いて「前のタクシーを追ってくれ」と運転手に伝えた。それから座席に座りなおして、ルセットに「今回は運がなかったな」といったら、彼女は泣きだした……。

実は、隣のタクシーに鉤鼻を見つけたとき、ぼくとルセットはフロリダ州のマイアミ・ビーチに向かうところだった。

ぼくはずっと仕事で駆けまわっていた。バスタブ事件のことは覚えているか？……覚えてない？　いったいどこの新聞を読んでいるんだ？　とにかく、あの事件を解決したのはぼくなんだ。だから署名記事を書いて、昇給もして、二週間の休暇をもらってフロリダへ行くことになった……。署名記事がなにかを知らないのなら、もしかして休暇がなにかも知らないとか？

ぼくは南のビーチに向かうつもりだった。ルセット――妻と一緒に。まちがいなくルセットはぼくの妻だし、そうじゃないなんていうやつがいたら、もうひとつ死体が転がることになるぞ！

新聞社に寄って金をもらい、それからペンシルヴェニア駅へ向かう予定だった――だが、鉤鼻の行き先はちがった。

やつはグランド・セントラル駅へ向かっているようだった――タクシーが五十七丁目通りで東に曲がったとき、それがわかった――ぼくもおなじ場所に行くしかない！

ルセットが泣きだしたことは話したっけ？

まあ、泣いていたんだ。

フロリダに行くのならば、グランド・セントラル駅へ向かうわけがない。

ぼくはルセットに声をかけた。「新聞記者と結婚するのは、ポニーに金を賭けるのと変わらないんだよ」鉤鼻がタクシーを降りたので、ぼくたちも降りた。すぐ後ろについていくと、やつはミステリ・ウィークエンドの切符を買った。目的地は着いてのお楽しみだが、好きなだけスキーができる場所だそうだ……。

まさにおあつらえ向きじゃないか。

《社会の敵》九位には願ってもない理想的な企画だろう。スキー馬鹿くらいしかいない、街から遠く離れた田舎のホテル。週末そのホテルに隠れていて、気に入ればもっと長く滞在すればいい。鉤鼻本人さえ知らないんだから、銃片手に捜している連中にどこへ隠れたかばれる心配はない。

そうそう、やつが薄手のスプリング・コートを着ていた理由もそれだ。ばったり知り合いに会ったとしても、まさかそんな格好で北に向かうとは思わないだろう！

鉤鼻が小さな窓口を離れると、ぼくもおなじ切符を二枚買った。そのおかげでますます手持ちの現金が乏しくなったが、ルセットが赤帽と待っている場所に戻った。「フロリダはまた今度にしよう」

正直にいえば、ぼくだってフロリダを諦めたくはなかった。

ルセットは泣くのをやめて、尋ねた。「どこへ行くの？」

「ウィンター・スポーツができる場所さ」

妻はまじまじとぼくの顔を見た。「そんなところ、行きたくない！　水着を二枚も持ってきたのに。お気に入りのすてきなサマードレスはどうすればいいの！」また激しく泣きだしたので、その場で抱きしめてキスをするしかなかった。スキーをするのも楽しい休暇になるとなだめたが、妻はスキーをするくらいなら小さな部屋に閉じこもっていると……。

「フィル、新聞社に電話して、だれかほかの人に行ってもらえば？」というので、列車は六分後に発車するし、ぼくが見つけたんだから、途中で抛りだしたくないと答えた。すると妻とただの記事のどちらが大事なのかと訊くから、これはただの記事どころじゃない、鯨なみの大スクープになると説明した。

妻を軽んじたつもりはないが、ルセットはそう受けとったようだった。背筋をぴんと伸ばし、「フィル、どっちを選ぶのか、はっきりしてちょうだい！」といった。ぼくは列車に乗ろうと妻を促し、ふたり分の席を確保した。そして社会部長宛に短い手紙を書き、それをメッセンジャーに託した。そのおかげでさらに手持ちの現金が少なくなった。残るは二十ドル札と一ドル札がどちらも一枚ずつ。そこで列車が動きだし、ぼくは慌てて飛びのった。

ボス宛の手紙になにを書いたか？

鉤鼻シコッティを追ってミステリ・ウィークエンドに参加することと、あとで電話するとだけ書いた。それで充分だった。

まあ、電話がつながらなかったので、その約束は守れなかったが。だが列車の時間を書いたので、ボスは行き先を突きとめてくれた。

ボスから連絡があったのかって？

もちろん！

今日の朝刊と鉤鼻の詳しい情報をどっさり。すかんぴんだと書いたら現金を送ってくれたので、それがなによりありがたかった。

そういうわけだったんだよ！

列車に飛びのってルセットを捜すと、ぼくが確保しておいた席にはいなかった。エール大学の四年生の隣に座っていたんだ。ふたりは笑いながらいちゃいちゃとおしゃべりしていて、六分前どころか、六年来のつきあいのように見えた……。

いや、そいつを殺してはいない。仕事のときは私情を挟まない主義なんだ。ぼくはまた車内を移動し、鉤鼻が視界に入る席に座った。

おっと、忘れるところだった！

ルセットがこちらを見たので、投げキスをしたんだ。エール大学の男もそれを見た。「彼のことは気にしないで。わたしの夫なの」と説明せざるを得なくなれば好都合だと思って。

だが、ついさっきまでそう説明したのかどうかは知らなかった。それまで口をきいてもらえなかったから。

Ⅲ

口述しながら、ハンクの手記を読んだ。彼はもうひとつ手がかりを残している。やはりその意味には気づいていないが。ルセットが昨晩その点に気づいたんだ。それまでもどこか違和感を覚えていたらしい。

妻は頭が切れるんだ。これまで彼女がしでかした馬鹿なことといったら、ぼくと結婚したことくらいだろう……。

サリー駅からの箱形そりも鉤鼻シコッティと一緒に乗った。ルセットはぼくの隣に座った。彼女を先に座らせて、その隣に無理やり座ったからだ。

ふたりとも寒かったので、妻の肩を抱いていた。男は全員連れの女性の肩を抱いていたし、エール大学の男以外はだれも気にしていなかった。彼は鉤鼻――メイプル氏の隣に座った。鉤鼻はその音で楽団が演奏できそうなくらい震えていたんだから、肩を抱いてやればよかったのに、あいつはそうしなかった。首を捻ってルセットに顔を向け、ホテルに着くまでずっと話しかけていた。

ぼくは鉤鼻のすぐあとでチェックインをした。どんな偽名を使うのかを知りたかったからだ。たぶんそれに気をとられていたせいで、自分の名前のあとに妻同伴と書くのを失念したんだと思う。

そのせいでハンクの疑念をかき立ててしまったようだが……。

スティーヴに部屋――三十一号室へ案内してもらうと、ぼくはすぐさまロビーにとって返した。

そうだ、カメラについて説明しておかないと！　ぼくのカメラはいろいろなレンズが揃っていてね。ぼくはF値1.9のアングル・ファインダーを愛用している。これを使うと、自分の顔が向いているのとはちがう方向の写真が撮影できるんだ。ぼくは最適な光量が確保できるドアのそばに陣取って、ロビーで談笑する客全員の写真を撮った。

ぼくは窓の外——真っ白の新雪に見とれているとだれもが思っただろうが、実はそばを通った客の写真を撮影していたんだ。アシュミードさん、ハンク、レーヴァリー夫妻、ハウ先生、シンシアボックス夫妻、ジョーンズ氏、バッド嬢、エール大学の男、スティーヴ、ほか大勢を。フィルムを二本使って、七十二枚の写真を撮った。記事と一緒に飛行機でニューヨークへ送ったから、新聞社に届いた二十分後には現像を終えていたはずだ。美しい写真が必要なときは、p－フェニレンジアミンを使って急いで現像しないほうがいいが、そうでなければ定着液に浸け、乾燥させ、洗うのは省略して機械にかけて引き伸ばせば早く現像できる……。

ロビーには四十何人かしかいなかったのに、どうして七十二枚も写真を撮ったのか？　念には念を入れたのさ！　ドア近くの明るい場所をだれかが通るたび、シャッターを押した。当然、似たような写真が増えることも承知の上だ。たとえ七十一枚は不要だとしても、必要とする一枚が撮れればいいんだ！　だから鉤鼻の写真は四枚も撮ったし、その前にサリー駅のホームでも二枚撮っておいた。

ああ、彼のことは鉤鼻じゃなく、メイプル氏と呼んだほうがわかりやすいかな……。

メイプル氏の写真ばかり六枚も撮るうち、ぼくはあることに気づいた……。

さっき説明したように、ニューヨークでたまたま見かけて、列車のなかでもずっと観察していた。ところがホテルに着いたとたん、やつの表情が変化したんだ。

すぐにその意味に思いいたった。メイプル氏は怯えていた！

慎重に観察したが、まちがいない。

ぼくがぼんくらだったという話はしたよな。昨夜、物置では重要なことを見過ごしてばかりだった。だが、やつの顔色が悪いことにはちゃんと気づいた。

メイプル氏はだれも捜しに来ないような田舎に隠れることを思いついた。もしかしたら、おなじことを思いついた男がほかにもいたのかもしれない！　おなじ列車に乗ってきたが、ロビーで初めてメイプル氏と顔を合わせた可能性もある。だから怯えているのか！　それなら怯えるのも無理はない！

ぼくはカメラをポケットに入れ、メイプル氏のあとをついてまわった。やつが警官か、そうでなければ殺し屋を見かけたのはまちがいない。ところがメイプル氏が顔を合わせた全員を観察しても、やつが真っ青になって怯える原因となった人物がだれなのかはわからなかった。

まず最初に考えたのは、銃撃戦が始まる可能性だ。そうなると、ロビーの真ん中にいるルセットに流れ弾があたってしまうかもしれない。妻に駆けより、メイプル氏と妻のあいだに立って、近づいてくる男全員に目を光らせた。そのとき、メイプル氏がいつになれば帰れるかとハンクに尋ねているのが聞こえた。

これはチャンスだと思い、ぼくは会話に割りこんでまぬけなことを尋ねた。そうすればメイプル氏を追いはらえるからだ。ぼくはさらにまぬけな質問を続け、メイプル氏をロビーの端にいるエール大学の男のところまで追いつめた。エール大学の男は、ぼくがチェックインのときに妻同伴と書きわすれたのを見て、なにやら難しい顔でずっと考えこんでいた。

彼をメイプル氏に紹介し、ぼくはその場を離れた。

これで銃撃戦が始まったとしても心配はない。

ルセットのところにとって返し、部屋へ戻ろうと声をかけるつもりだった。

ちがった。そんなことをしたところで、ルセットが素直に聞いてくれるはずがない。

ストッキングが伝線しているというつもりだったんだ。

ところがルセットはとっくに部屋へ戻っていた——ハンクからそう聞かされた。ハンクの手記によると、彼はぼくのあとをついていきて盗み聞きをしていたようだ。

ここに〝「ねえ、フィル!」といいながら泣いている声が聞こえてきたのだ〟と書いてある。

たしかにそのとおりだったが、どうしてルセットが泣くのかはわからなかった。ぼくはポケットからカメラを出して、フィルムを入れ替えていただけなのに。

F値1.9のレンズを使えば、夜でもはっきりした写真が撮れるのは知ってるか?

とにかく、ぼくはロビーへ戻った。

メイプル氏目当てだったが、彼は姿を消していた。

そのときの時間？……午後七時前だった。

食堂をのぞいてみたが、そこにも彼の姿はなかった。

人目につかない場所で待っていたが、いっこうに現れない。

ルセットが降りてくるのが見えた。妻をタ食にエスコートすることも考えた。妻を愛しているし、腹がぺこぺこだった。だが、気づかれない場所に隠れ、歩哨よろしく待ちつづけた……。

ルセットが降りてきたのが午後七時過ぎだった……。

その十分後に食堂からハンクが出てきた……。

妻に話しかける声が聞こえた。彼はルセットをひどく怒らせた。妻は腹を立てるとなにかを食べるのがつねだった。

ルセットはひどいことをいうと怒り、まっすぐ食堂へ向かった。

ぼくはそれを見送り、外に出たハンクのあとをついていった……。

いや、ハンクはぼくに気づいていなかった。ロビーは無人だったから、ぼくの姿はだれにも見られていない。

ハンクは本館に沿って時計まわりに歩きだし、ぼくもそれに続いた。ハンクがなんのために出てきたのかは見当もつかなかったが、ついていけばわかるだろうと思っていた。

雪が深く積もっていたので、ハンクはゆっくりと歩いていき、時折屋根を見上げていた。

ぼくは七、八メートル後ろをついていった……。

当然、ハンクにぼくの足音が聞こえるはずはない。

十五分かけて本館をぐるりとまわった——二十分だったかもしれない。ハンクは二度足を止め、パイプに火をつけた。建物の北西をまわったところで雪の勢いが増し、パイプに火をつけなおすのに苦労していた。

手記には、本館の裏から横手へまわったところで、北東の方角にくっきりとした光が見えるのに気づいたと記してある。

ぼくもその光に気づいた。

ハンクは物置へ向かって歩いていった。ぼくはその場を動かずに、それを見ていた。

手記には「だれかいるのか？」と大声で呼びかけたあと、物置に向かったと書いてある。それは真っ赤な嘘だ。きっとエスキモーがいちゃいちゃしていると思って、それを見逃したくなかったんだろう。懐中電灯を拾いあげてあたりを照らしていたが、突然「大変だ！　だれかいないか！」と叫んだ。

ぼくは「だれか呼びましたか？」と声をかけた。

ハンクは「助かった！　ハウ先生を呼んでくれ！　大至急だ！」と応じた。

ぼくはまっすぐ本館に走っていった。すぐに正面玄関へたどり着いた。

ハウ先生は食堂の戸口に立ち、レーヴァリー氏に食事が美味しかったと話しかけていた。ぼくは「シモンズさんが大至急来てほしいと外で呼んでいます。なにかあったようで」と伝えた。

ハウ先生は駆けだした。レーヴァリー氏ときみもあとをついていった――ふたりともぼくの声が聞こえたんだろう。ハウ先生が死体を調べ、死んだのは三十分から四十五分前だといった。このとき、ぼんくらばかりでだれひとりとして気づかなかったんだ。懐中電灯がそれほど長いあいだつけっぱなしだったら、こちらに向けられたときにあれほど眩しいはずがないと！

IV

医者でもまちがえることはある。医者は自分の失敗を隠すという説があるが、それは正しかった。ぼくたちが物置を出たとき、鉤鼻が生きていたことは疑問の余地がない。それにあのまま ひと晩物置にいたら、凍死したのもまちがいない。

ところで、ぼくのカメラのシャッターは驚くほど音がしないので、すぐ隣に立っている人にもシャッターを押したことを気づかれないんだ。指で焦点を合わせないといけないが、距離を測る必要もない。だからハウ先生が懐中電灯で照らしているあいだに、鉤鼻の写真を二枚撮っておいた。

その一枚でとんでもないことが判明した。ボスからの電話でそれを知らされたが、驚いたなんてもんじゃない！

みんな鉤鼻に気をとられていて、ぼくがしていることに気づかなかった……。懐中電灯のことだってそうだ。

懐中電灯というのは正しい用法があまり知られてない道具でね。それを守れば何ヵ月も使うことができるが、つけっぱなしにしたりするとその十分の一の時間ももたないんだ。乾電池を入れたばかりだとしても、明るい状態が続くのは数分だ。真新しい乾電池じゃないかぎり、四十五分も眩しいままのはずはない。そしてホテルの懐中電灯の乾電池は新品じゃなかった。その点は清掃係に確認してある。

昨晩はそのことに気づきもしなかった……。

ハウ先生がメイプル氏は死亡したと宣言するのを聞いて、ぼくは舞いあがっていた。ホテルへ戻るあいだも、先生からもうすこしなにか聞きだせないかと食い下がってみたが、めぼしい情報は得られなかった。ぼくは図書室で思いついた見出しをメモに書きつけた。《サルヴァトーレ・鉤鼻シコッティ、悪名高きマフィアの大物、土曜の午後七時に手斧で殺さる》

なんともいかした見出しじゃないか！

メモをポケットに入れ、ダンスをしようと娯楽室に向かった。ルセットがいたが、ぼくとは絶対に踊らないと決めているようだった。なんとか割りこんで踊ってもらおうとしたが、妻は零下四十度の視線をぼくに向けただけだった。わかりやすくいえば、氷柱《つらら》が何本もぶら下がっている感じだよ。

するとと戸口にハンクが立っているのが見えた。そのとき名案がひらめいたんだ。彼に手記を書いてもらおうとね。一部を記事に使えるかもしれない。そこでハンクに近づき、手記を書いてくれるよう、なんとか説得した……。

合意に達したあとで、犯人だと疑われているのはぼくかもしれないと気づいた。

だが、そう疑うのはもっともだと思わないか？

なにしろ、すべての証拠がぼくを指し示している。

午後六時五十分から七時五分のあいだはどこにいた？　それには答えられない。どうして昨晩の夕食に現れなかったのか？　それにも答えられない。いったい何者で、仕事はなにをしている？　新聞記者というのは、まだ扁平足《へんぺいそく》になっていないだけで、刑事とおなじなんだ。ぼくとしてもまだ死にたくないからね。

なにも死ぬことを怖がっているわけじゃないが、ルセットがエール大学の男の胸で泣くのは気にくわないな……。

それに容疑者でいれば命を狙われる心配もない。

本物の犯人に向かって、鉤鼻シコッティを殺した感想を千文字で書いてくれと頼んだりしたら、ぼくはいつまで生きていられると思う？　犯人は一回目こそ失敗したかもしれないが、二回目はもうすこしうまくやるだろう。習うより慣れろってやつだ。これは冗談でもなんでもない、現実の話なんだ！

ハンクはぼくを疑っていた――そう手記に書いてある――事件を知っている者はみんなそうだった。唯一の例外はレーヴァリー氏だ。彼はひと目でぼくは新聞記者だと見抜いた。

どうしてわかったのかって？　彼もかつては同業だったからさ。

そんなに矢継ぎ早に質問しないでくれ！

いつ懐中電灯のことに気づいたか？　今朝、棚で目を覚ましたときだよ。ルセットが部屋へ入れてくれないから、昨晩は廊下の突きあたりにあるリネン室で眠ったんだ。最初は床に寝転がったが、ぼくの体重に耐えられるのがわかったので、棚に移動したんだ――そのほうがずっと柔らかかったしね。暗闇で目を覚まして、懐中電灯が欲しいと思ったとき、物置の懐中電灯のことを思いだした……。

メイプル氏が殺された時間？　一回目のことかな？　ハンクが発見する二分前だ。不思議なもので、あることがわかると、それに引きずられるようにいくつもの事実が見えてくるようになる。昨晩、死体がほとんど雪のなかへ沈んでいなかったことには気づかなかったか？　懐中電灯のことに気づいた直後、それが頭に浮かんだんだ。温かいものが四十五分も雪の上に横たわっていたら、もっと深く沈んでいるはずだ。

物置で殺された理由？　ハンクとぼくのあと、メイプル氏も外に出たんだ。ぼくたちとは反対の方向へ。彼は駅に向かうつもりだったが、物置に立ち寄った。だれかいるように見えたのかもしれない。そして犯人もメイプル氏のあとを追ってきた。

どうして犯人は途中で殺すのをやめたのか？　犯人は殺したつもりだった――そこへハンクがやって来るのが見えた。パイプに火をつけるためにマッチを擦ったから、暗闇でも見えたんだ。犯人はすべて抛りだして本館に戻った。どこを通ったのかはいくつも可能性が考えられるが、おそらくはそれ以上足跡を増やさないように、正面玄関からなかに入ったんだろう。ロビーには大勢人がいたから、そのなかへ紛れるのは簡単だった。

ぼくがそれに気づかなかった理由？　犯人は懐中電灯をこちらに向けて置いて、明るい場所を慎重に避けて通ったからだよ。

どうして手斧を使ったのか？　犯人もメイプル氏も銃を持っていたが、どちらも銃は使えなかった。銃声が聞こえたりしたら、ホテルにいるすべての人間が押しよせてくるに決まっている！　そこから逃げだすのはなにがあろうと不可能だ。

メイプル氏が凍死しなかったわけ？　ぼくたちが物置からいなくなった瞬間、死んだふりをやめたからさ。彼は本館からは見えない場所の壁を一枚力ずくではずし、そこからなんとか抜けだすと、またもとの位置に戻したんだ。

壁のその部分だけ雪がついてないところを写真に撮ってある。Ｆ値は16、オレンジのフィルター使用、シャッタースピードは二十五分の一秒。計算上はこれできちんと撮影できるはずだったし、予想どおりうまくいった。

むくりと起きあがったメイプル氏は、手斧と懐中電灯が残っているのを見て感謝しただろうな！　まさに彼が必要としているものだ。

メイプル氏はどこで眠ったのか？　納屋だよ。週末に備えて臨時雇いを増やしたとハンクが手記に書いていたね。メイプル氏はどこかでそれを耳にして、自分も志願したんだ。鼻が凍傷になった馬丁がいるとエド・ピーターズから聞いただろう。それは鉤鼻シコッティのことだったんだ。

メイプル氏は納屋へ歩いていき、しまいには夕食をとれとエド・ピーターズにどやされるまで、せっせと働いた。臨時雇いに採用になったのも当然だった。いまさっき、エド・ピーターズから話を聞いたんだ……。メイプル氏は頭に怪我をしていたが、雪で血を落とし、周囲に気づかれないよう、食事中も帽子をとらなかった。エド・ピーターズも黙認した。馬丁はテーブル・マナーをうるさくいわれることはないからな。

今朝、大勢でスケート場の雪かきをしていたが、あのなかにメイプル氏も交じっていたそうだよ――さらにいえば、エド・ピーターズが報告した、行方不明になった馬丁というのもメイプル氏のことだ。

ハンクが殺された理由？　その前に、どうしてそれがわかったのかを聞いてくれよ！　今朝、部屋の窓から写真を撮ったとき、物置に別段変わった様子はなかった。このときはF値8、望遠レンズ使用、シャッタースピードは百分の一秒だった。リナベリーさんはタイプで打った手記は普通の英語だったから鍵のかかる引き出しにしまったが、速記のノートは机に出しっぱなしだった——しかも彼女はぼくが知っている速記法を使っていた。そういうわけで、ハンクときみの手記はいま初めて読んだが、ハウ先生の手記だけはすでに内容を知っていたんだ。

ハンクを殺したのはメイプル氏だ。彼は納屋で人心地がついてからも、ずっと物置を見張っていたにちがいない。おそらくポケットには金も入っていただろう。先ほど階上であらためたときにはなかったが。たぶん、メイプル氏はさっき対決した相手が戻ってくると予想していたんだ。メイプル氏は本館から出てくるハンクに気づいた。それも当然、月が顔を出してからは充分明るかった。ハンクが物置の南京錠を開け、ドアを開いて、なかに入るまで待った。音をたてないようにこっそり近づいたにちがいない。

今朝、手斧が陳列ケースに戻されていたわけ？　メイプル氏は使ったあと、そのまま抛りだした。早朝、本館までの雪かきをしていたエド・ピーターズがそれを見つけ、プレブル夫人のものだと知っていたので、陳列ケースへ戻しておいたんだ。

エド・ピーターズはどうしてそのことを教えてくれなかったのかって？　きみが尋ねなかったからだよ。ぼくは訊いたから教えてもらった。

ハンクが物置へ戻った理由？　ぼくを疑っていたから、決定的な証拠を見つけるつもりだったんだろう。

どんな証拠か？　それはハンクにしかわからないし、もう教えてもらうこともできない。

メイプル氏がハンクを殺したわけ？　メイプル氏はハンクの顔を見たわけじゃなかった。先ほど自分を殺そうとした相手が戻ってきたと勘違いしただけなんだ。

どうして勘違いしたかって？　ハンクがおなじアルスター・コートを着ていたからさ。

アルスター・コートの持ち主？

ジョージ・アンダーソン——またの名をジョージ・アンドルーズ——またの名をハウ先生。

V

そこを動くな！

忘れたのか？　ぼくは銃を持っているんだぞ！

まったく！　なにを考えているんだ。

一から始めて、百万まで数えるんだ——ゆっくりと！

そう——まだそのほうがいい！

真相がわかってもすぐに説明できなかったわけがわかったろう？

自称ハウ先生が怪しいときみに伝えても無駄だった。当然、そんなことを信じるわけがない。

そして昼前には、我らがハウ先生の手でぼくはあの世行きだったはずだ。

もっと早く懐中電灯のことに気づいて、そのことをぺらぺらしゃべっていたらどうなっていたか。ぼくの命なんて風前の灯だ。

ハンクならば無事だったかもしれない。だが、ぼくの場合そうはいかなかったろう。

ぼくだって今朝までは自称ハウ先生を全面的に信じていた。疑うなんて思い浮かびもしなかったさ。

彼にはアリバイがあった。自分に都合よく決めたわけだから、それは当然だ。アシュミードさんが鉤鼻シコッティの死亡推定時刻を尋ねたとき、自称ハウ先生は実際より三十分ほど時間を早めにいった。自分が食堂のテーブルについていた時刻に殺されたことにしたんだ。

メイプル氏と自称ハウ先生は握手をした——自称ハウ先生の口述だ。レーヴァリー氏が殺したのかもしれない——自称ハウ先生の意見だ。おそらくぼくが犯人だろう——これも自称ハウ先生の意見だ。そしてやつら——レーヴァリー氏とぼくのことだ——が鍵のかかった物置からメイプル氏の死体を運びだし、かわりにハンクの死体を残していったと主張した！

きみはあやうく彼のいう超常現象説を信じるところだったんじゃないか？

すべてルセットのおかげなんだ。きみやぼくがわけもわからずに走りまわっているあいだに、妻があっさり事件を解決したんだよ。

ルセットに部屋から閉めだされたことは話したよな。朝食のとき、ぼくがテーブルに近づいたときの妻の反応は見ていたとおりだ。だが、きみと自称ハウ先生が食堂から出ていったとたん、妻はテーブルに身を乗りだしてささやいた。「フィル、このホテルに怪しい人物がいるの！」

ちなみに事件のことはひと言も話していない！　話したいと思っても、できなかったけどな。近寄らせてくれなかったから。

ぼくも声を落とした。「だれの話？」

「ハウ先生と名乗っている男性よ」

顎に強打を喰らった気分だった。この表現で理解してもらえるかはわからないが。ぼくは小声で尋ねた。「どうしてそう思うんだ？」

「消毒薬のにおいをさせてるから」

ルセットは頭がどうかしたのかと思った。「それは医者なら――」

妻は遮った。「いまどきの医者はあんなにおいをぷんぷんさせてはいないわよ。しかも引退しているのに」さらにもう一発喰らった。妻のいうとおりだった。「昨夜、ダンスをしたときに消毒薬のにおいがしたの。だから、〝ここでも忙しくお仕事をなさってますの？〟って訊いたら、引退したので、ここでは患者を診ていないという返事だったわ。三週間前に女の子の膝に包帯を巻いたことしかないって。それもただの厚意でしてあげただけだそうよ」

妻は女の子の膝にどんな治療をしたのかと尋ねた。

自称ハウ先生はそれを聞いて笑った。「医者志望なのかな？　ヨードを塗り、そこにガーゼをあててテープで固定したんだ」

ルセットはたいしたもんだろう？　しかも、それだけじゃないんだ。自称ハウ先生と踊りながら、笑顔で彼の顔をのぞきこんで尋ねた。「それでも基本的なお薬はお部屋に揃えてあるんでしょうね」彼は馬鹿正直に答えた。「いや、薬も持っていないよ。アシュミード氏が常備している救急箱を使ったんだ」

そのひと言が致命的だったが、本人は自覚していなかった。消毒薬が手もとになくて、そのうえ何週間も触っていないんだったら、どうしてそのにおいをさせているのか――わざわざ自分でつけているという事実は指摘するまでもないだろう。おわかりかな？　ルセットはこうして医者の正体を暴いたんだ。

妻はそのあとも医学の話を続けた。話を聞けば聞くほど、医者ではないと確信したそうだ。踊っているあいだは自称ハウ先生に抱かれていたわけで、そのことはおおいに気に入らないが、彼は前腕の骨は――そこを撫でながら――腓骨と橈骨《とうこつ》だといったらしい。ルヤットは初耳だった。おそらくきみも聞いたことはない……よな？

考えてみてくれ、アシュミードさん！　いま話題にしている彼は、昨晩メイプル氏の検屍――おそらく斧と金てこを使うんだろうが――を任せられるような人物じゃなかったんだ。しかもまだ生きていると承知していながら、凍えそうな物置に置き去りにした！

そしてそのあと、なに食わぬ顔で女性たちとダンスを楽しみ、妻相手に鼻の下を伸ばしていたんだ。

ルセットに考える手がかりをもらったおかげで、追うべき線が見えた。「いまの話は、ぼく以外にしては駄目だよ」

妻は唇を尖らせた。「どうして？　なにか、まちがってる？」

「ちがう。きみのいうとおりだ。だからこそ、危険なんだよ」

それを聞いて妻は驚いた様子だったが、すぐにいつもの調子に戻った。「フィル、あなたの身が危険なんだったら、わたしも一緒にいたいわ」

ぼくは相手にせず、自称ハウ先生の指紋を手に入れたいが、いい方法を思いつかないとこぼした。

「あら、簡単なことよ」妻は甘い声でささやいた。

「どこが簡単なんだ？」

妻は微笑んだ。「昨夜ダンスをしたあとだったら、わたしの背中にたくさん残っていたはずだけど、ごしごし洗っちゃったわ。なにかちがう方法を考えないとね。そうだ！　いますぐ喧嘩するのよ、この最低男！」

ルセットは頭の回転が速すぎて、話についていけないときがある。妻はウェイトレスを呼び、ぼくとおなじテーブルで食事をしたくないと訴えた。自称ハウ先生がついさっきまで座っていた席に移ったので、ようやくなにをするのか理解できた。妻は食事を注文してウェイトレスを追いはらうと、自称ハウ先生が使った皿や銀器をハンドバッグへ入れた。

そうだ。新しいバッグを買ってあげないと。コーヒーカップにまだ中身が残っていたんだ。自称ハウ先生の指紋はカップにはっきりと残っていたので、それをニューヨークに送ったら、ほんの数分で身元が判明した。

そう。陶磁器があればこと足りて、ナイフやフォークまでは必要なかった。だがルセットはなにをするにも徹底する質《たち》なんだ。もっとも、そのおかげで命拾いしたのかもしれない。銀器まで揃っていたから、自称ハウ先生は記念品だと信じたのだろう。

一度ルセットに協力してもらったら、途中でもう必要ないと断るわけにはいかない。妻はまず部屋に戦利品を隠しに行った。ぼくも同行し、撮影済みのフィルムを渡した。妻はそれを衣類の下に隠した。所持品を調べられるかもしれないが、妻の荷物までは調べないだろうと思ったんだ。カメラは旅行鞄の底にしまいこんだ。おそらく見つかってしまうだろうが、ポケットにあるのを発見されるよりは、質問攻めにされないだろうと思ってね。

白状すると、今朝このオーナー室に呼びつけられたときは、緊張したなんてものじゃなかった。だが容疑者でいるかぎり安全だと自分にいいきかせたんだ。それに自称ハウ先生に任せておけば、どうにかしてくれるだろうという読みもあった。とにかく、なにを訊かれても嘘をつくことにした。身に覚えのある男と救いようのない馬鹿を足して二で割った感じを心がけたんだ。なんとかうまくいった。ぼくに演技の才能があるからかもしれないし、いつもどおりにしていればよかったからなのかもしれない……。

ルセットの番になると、妻は早々に自称ハウ先生からきれいなハンカチを借りた。そのにおいを確認したかったんだ。すると消毒薬のにおいがした。やはりわざとにおいをつけていた。そのハンカチもこのホテルの封筒にしまってある……。

自称ハウ先生とふたりきりになると、結婚していないんだろうと訊かれ、妻は調子を合わせた。物置で殺人事件が起こったことは知らないが、危険だということは察していて、そういっておけば、ぼくらふたりとも強制的にニューヨークに送り返されると思ったらしい。

自称ハウ先生はすべて鵜呑みにした。ルセット相手だと、たいていの男はそうなるんだ。道を踏みはずした女性だと勘違いして、救ってあげたいと考えたようだ――自分の手で。この表現で理解してもらえるかはわからないが。彼はニューヨークまで送っていくといいだした。妻にそんなつもりは毛頭なかったが、この事件がこうして彼にとって不運な結果に終わらなければ、手を尽くして実行していたにちがいない。

その後、妻は送り返さないでほしいときみに訴えたそうだね。そんな心配はいらないといっておいたんだが。もっとも最初自称ハウ先生の勘違いに話を合わせたときは、実は妻のほうが一枚上手《うわて》だった。激しく泣いてみせたら自称ハウ先生が妻を抱きしめたので、妻も彼の背中に腕をまわしたそうだ。彼はさぞかしご満悦だったろうが、妻はこの機会を逃さず、手探りで銃を持っていないかを確認したんだ。

たいした女性だと思わないか？　なにをするにも徹底しているという話はしたっけ？　きみと

自称ハウ先生がぼくを尋問しているあいだ、ルセットは自称ハウ先生の部屋に忍びこんだんだ。洗面台の棚に霧吹きが置いてあって、中身は水に溶かした消毒薬だった。医者らしいにおいがするよう、ハンカチにそれを吹きかけていたんだ。

妻はあるものを探したが、見つからなかった。そこでベッドサイド・テーブルにも引き出しがあったことを思いだし、開けてみた。

思ったとおり、そこにしまってあった。大きなオートマチック拳銃だ。今朝、着替えるあいだもきみが部屋にいたせいで、身につけることができなかったんだ！

自称ハウ先生は銃をそれひとつしか持っていなかった。妻はそのあとここオーナー室で、しがみつくふりをしてそのことをたしかめたんだ。

きみと物置に行ったあと、自称ハウ先生はまっすぐ自室に向かった。ところが、肝心のオートマチック拳銃は消えていた。

ルセットが拝借して、ぼくが身につけていたからね。

VI

ちょっと休憩して――まだ警官は現れないようだし――細かい点を詰めようか。

ジョージ・アンダーソン――またの名をハウ先生がひと月前にここへやって来たのは、昨日のメイプル氏とまったくおなじ理由だった。身を隠す必要があったので、おあつらえ向きだとミステリ・ウィークエンドに参加したところ、これがまさに理想的だったんだ。

ジョージ・アンダーソンは札付きの悪党だ。シカゴでも、カンザスシティでも指名手配されている。そして去年の夏、ニューヨークにまで手を広げた。鉤鼻シコッティとも会ったことがあるようだ。おそらくなにか取引でもしたんだろう。なにが原因で反目しあうようになったのかは知らないが、相手を殺したいと思うからには、それだけの理由があるにちがいない。新聞記者が食い扶持を稼げるようにじゃないことだけはたしかだ。

昨日、ふたりはロビーでお互いに気づいた。どうして休戦協定を結び、普通につきあうことができなかったのか？　殺し屋やギャングには、そんな発想自体がないからだ。ふたりは決着をつけようとして、勝利をおさめたのは自称ハウ先生だった。ハンクの不幸はたまたまよくないときに居合わせたことにあった。たまたま居合わせた者はとんだとばっちりを喰うものと決まっている。

昨晩、メイプル氏のあとを追って外に出たとき、自称ハウ先生はアルスター・コートを着ていた。そして本館に戻ると、外へ出たことをだれにも悟られぬようすぐにコートを隠した。コートのおかげで、下に着ていた服は濡れていない。ぼくが食堂の戸口で見つけたとき、彼はレーヴァリー氏と話していた。グラハム・クラッカーしか口にしないレーヴァリー氏は、食事の席を立ったばかりだったにちがいない。

自称ハウ先生は隙を見てアルスター・コートを隠し場所からとりだし、オーナー室にかけておいた。そうした理由はいくつもあったろう。ハンクの鍵を手に入れたいと思っていたのかもしれない。しかし、ここでそれを詮索する必要はないだろう。いま重要なのは、自分のコートが安物だったので、外に出るときハンクが当然のように自称ハウ先生のアルスター・コートを借りたことだ。

いや、自称ハウ先生はそれを狙ったわけじゃなかった。それを狙ってやれるはずはない。ただの偶然だった。ハンクは暖かいからアルスター・コートを借り、必要な鍵だけを持っていった。鍵束ごと持っていき、かじかんだ指で正しい鍵を探しあてるのが面倒だったからだ。

ハンクはその鍵で南京錠を開け、物置のなかに足を踏みいれた。それは生きている彼が最後にとった行動になった……。

メイプル氏は帰りがけに南京錠をかけた。まだ鍵が差さっていたとしても、抜きとって捨ててしまっただろう。鍵束はハンクのコートのポケットにある。今朝、確認した。自称ハウ先生もそこに入れっぱなしだと知っているはずだ……。

どうして会ったときに自称ハウ先生の正体がわからなかったのか？　顔を覚えている悪党はたくさんいるが、さすがに全員を知っているわけじゃない。自称ハウ先生に会ったときは、ひと目で好感を抱いた……。

今朝このホテルでは、ふたりの男が無上の喜びを感じていたことはちゃんと理解できたか？

ひとりは自称ハウ先生だ。鉤鼻シコッティは死んだ。自分が疑われるおそれはない。そのうえ、一緒に旅に出るかわいい娘まで見つかった。

もうひとりは鉤鼻シコッティだ。自称ハウ先生は死んだ。自分に不利な証拠は残っていない。ごたごたが一段落すれば、無事に逃げだすこともできるだろう。

そこへプレブル夫人の登場だ。とにかく彼女が関わると、すべてさらにややこしくなってしまうんだ。

手斧は陳列ケースに戻されていた。

殺されていたのはハンクだった。

そのこと自体は自称ハウ先生にとってどうでもよかったが、鉤鼻シコッティが生きているのは大問題だった。銃が必要だった。しかし自分の銃は消えてしまった。仕方なく、銃のかわりの武器を手に入れて待った。

鉤鼻シコッティも待っていた。

昨夜は逃げだそうとして失敗した。いまとなっては、自称ハウ先生と決着をつけずにここを去るつもりはなかった。彼も自称ハウ先生が生きていることを知っていたのはまちがいない。きみが納屋に行ってハンクを見かけなかったかと尋ねたとき、ちがう相手を殺したことを悟ったんだろう。それに、午前中自称ハウ先生が物置に向かう姿を目にした可能性も高い。

鉤鼻シコッティがスケート場の雪かきをしていた話はしたよな。臨時雇いをチェックして初めてそのことを知ったんだ。もっと早くに知っていれば、彼を死刑執行人から逃がしてあげられたかもしれない。だが鉤鼻シコッティは機会をうかがっていた。そしてスキーヤーが現れ、ホテル中がそれに注目していたとき、この機を逃すまいと行動を起こしたんだ。こっそり本館に入りこみ、階上の自称ハウ先生の部屋へ向かった。エド・ピーターズに凍傷の鼻を先生に診てもらえといわれたとき、部屋番号を聞いていた。

ところが鉤鼻シコッティの目算はひとつだけはずれた。自称ハウ先生は彼よりもずっと上手《うわて》だったんだ。昨夜もそうだった。そして今日もまたおなじことを繰りかえしたんだ。人気《ひとけ》のない階段をのぼりながら、鉤鼻シコッティは計画を練った。自称ハウ先生が部屋にいなければ、そこで待ち伏せする。部屋にいたら、目に入った瞬間に射殺する。しかし自称ハウ先生はドアの陰に隠れていた。鉤鼻シコッティの運命は決まった。

鉤鼻シコッティ自身は夢にも思わなかったろうが、彼は手斧で殺される運命だったんだ。そこから逃れることはできなかった。場所が変わろうとも、彼が抵抗しようとも、最後にはそこへ至ることになっていた。最初はその運命を免れたかに見えたが、二度目も幸運に恵まれることはなかった。

いうまでもないが、部屋をめちゃくちゃにしたのは自称ハウ先生だ。床に叩きつける前に――使い古された手だ！――時計の針に細工し、部屋の鍵をそれらしい場所に置いた。そして外に出てちがう鍵で施錠すると、鍵穴にカーテンレールのかけらを詰めた。客室係がマスターキーを差しこんだときに、金属製のものが落ちる音が聞こえるようにね。

鍵穴からなにかが落ちたら、鍵だと思うのが普通だろう。今回はちがったわけだが……。そうそう、これがカーテンレールのかけらだ——この謎も解決したな！

そのあと自称ハウ先生は最後のアリバイ作りにとりかかった。鉤鼻シコッティとの対決の際、彼は頭に怪我をした。そこでハンクのコートをかぶり、派手な音をたてて娯楽室の床に倒れて、きみたちが助けにやって来るのを待った。そしてふたりの男に襲われ、手斧と札入れを盗られたと説明したんだ。これで彼の無実はまちがいなしになった。いもしない犯人を見つけられるはずがない。きみの手を借りてオーナー室へ移ったのは、自室の壊れた時計が指す時間には、目の前にいたときみに証言してもらうためだ！

水も漏らさぬアリバイ？　いや、完璧すぎる。逃げだしたということは、彼自身もそれを自覚していたんだろう。部屋で死体が発見されたとなると、警察が彼の記録を調べはじめるかもしれない——彼としては警察とその話をしたくなかった。

どうやってオーナー室から出ていったか？　みんなが午餐のテーブルについているあいだに堂々と出て、ハンクの鍵でドアを施錠したんだ。手斧も陳列ケースに戻しておいた——謎を増やすために——そして自称ハウ先生は逃げだした……。

なに？……そこまでわかっていながら、どうしてそのまま行かせたのかって？　よくいうよ、アシュミードさん。ほんの十分前には、彼は教養ある紳士ではないとほのめかしただけで、ぼくを殴ろうとしたくせに！　〝彼こそ真の勇者だ〟とタイプで打ったときは、いったいどちらの味方だった？

自称ハウ先生はリリー駅へ向かったが、まだ着いてはいないだろう。

ハンクのコートを着て、スノーシューを履いていった。

彼はスキーができない――その点も確認した――だが、スノーシューなら初めてだろうと問題ない。ほら、ぼくがやってみせたじゃないか。今朝、ベランダの屋根から一番雪が多い吹きだまりに降りて、何枚か写真を撮ってから、正面玄関に戻ってきたのを見ていただろう？

自称ハウ先生は飛行機で逃げるつもりだろうが、そうは問屋が卸さない。いまごろは警察とご対面しているはずだ。指紋で身元が明らかになったとき、ニューヨークの連中はその場で通報したんだ。ぼくの提案をきちんと聞いてくれたら、このホテルは蟻の這いでる隙間もないほど包囲されているはずだ。

自称ハウ先生は危険人物だし、鉤鼻シコッティの銃も持っているからな。

警察は自称ハウ先生の顔を知っているのかって？

笑わせないでくれよ！

消毒薬のにおいをさせているずんぐりむっくりの男。これだけわかっていれば充分じゃないか。文学的な趣きが欲しければ、こんなのはどうだい？　ハンカチに馬鹿のしるしをたっぷり吹きつけているから、どれだけ遠く離れていても警官はあとを追うことができる。

このとき警察が到着し、ドウティ氏は口述を終わりにしました。警官は車で来ましたが、自称ハウ先生を逮捕してはいませんでした。ドウティ氏はそれを聞いていきりたちました。「なんでそんなにとんまなんだ。スノーシューの足跡に気づかなかったのか？」

警官の話では、スノーシューの足跡は発見したけれども、それはホテルから百メートルほど離れた雑木林で始まり、ホテルに向かっていたそうでした。

それを聞いてドウティ氏はますますいきりたちました。「おーい！　スノーシューを逆さまに履いたってことくらい、だれか気づかなかったのか！」

そんなふうにスノーシューを履いたら、ごくゆっくりにしか歩けないと思いますが、警官は慌てて飛びだしていきました。ドウティ氏は、警察よりもスキーヤーたちのほうが早く追いつくだろうといいました。

ドウティ氏は長距離電話をかけて、彼がリライト専門記者と呼ぶ相手に、長々と記事を口述していました。スキーができないので、ホテルに残っているしかなかったのです。それでも自称ハウ先生の行動は自分の読みでまちがいないと確信していました。

スティーヴが戻ってきました。ドウティ氏のいうとおりでした。

道路から数キロ離れた空き地で、スキーヤーたちが自称ハウ先生を包囲したそうです。自称ハウ先生は雑木林にたどり着くとスノーシューを正しい向きに履きなおしたので、その先はかなりの速度で進んでいたようです。

スキーヤーたちは銃が届かない距離を保ち、自称ハウ先生をとりかこみました。自称ハウ先生は抵抗していますが、ドウティ氏からカメラを借りていったアシュミード氏が、すでに何枚も写真を撮ったと声をかけたそうです。

ドウティ氏はスティーヴに、警官たちにスノーシューを、アシュミード氏には望遠レンズを届けるよう指示しました。

ドウティ氏はまだ電話機に向かって話しています。三分以上話しているのはまちがいありません。なにがあろうとアシュミード氏に金銭的な負担はかけないと、ドウティ氏はいいました。その点は新聞社が保証すると。でもアシュミード氏にそんな保証は必要ないと思います。ロビーに集まっているお客さんたちは大喜びですし、プレブル夫人は次回の図書館協議会をサリー・インで開催すると発表しました。

ドウティ夫人がオーナー室にやって来ました。電話機に向かって話をするドウティ氏の声をうっとりと聞いています。世界最高の夫だそうです。

ドウティ夫人が今日の日付の新聞を見せてくれました。飛行機とスキーヤーが運んできた新聞です。

夫人とドウティ氏の写真が載っていました。

写真の下にふたりは昨日結婚したと書いてありました。

ふたりは新婚だったんです。だれもそれには気づきませんでした。

新婚旅行でフロリダへ行くはずが、ドウティ氏がタクシーに乗っている知り合いを見かけたので、行き先を変更したそうです。

ドウティ夫人はそんなことは全然かまわないといいました。新聞記者と結婚するのは、ポニーにお金を賭けるのとおなじだそうです。たまには勝つこともあると。

(自筆署名) クレア・リナベリー

自由へ至る道

そのふたりにはほとんど共通するところがなかった。一見したところ、メイナードは成功している実業家で、ガスリーは低賃金の労働者という風情だった。メイナードは身なりがよかった。縫いとり飾りのついた靴下から、きっちりと結ばれて、趣味のいい小さなネクタイピンをとめたネクタイまで、吟味して選ばれたものばかりなのが見てとれる。いっぽうのガスリーが身につけているものは、どれをとってもいかにも安っぽかった。コートは流行遅れの形で、肘がてかてかしていた。やはり古ぼけたズボンは膝が出ていて、折り目の片鱗すらなかった。

服装のみならず、顔も対照的だった。メイナードはととのった顔立ちをしており　表情豊かで知性を感じさせた——人へ命令することに慣れているタイプだ。対するガスリーは口のまわりに深いしわが刻まれ、おとなしい青い目はいかにも鈍感そうな光を放っていた。おそらく、人から命令を受けつづける人生だったのだろう。

ところが、メイナードは「ガスリーさん」と呼びかけ、ガスリーもメイナードに敬意を払っている様子はなかった。ふたりは知人ではなかったが、安っぽい大衆食堂の空気が澱んだような個室で食事していた。ガスリーがふたり分を注文し、そのあいだメイナードはむっつりと黙りこくって相手をにらみつけていた。

ウェイターが染みだらけのテーブルクロスを広げ、がたがたうるさいドアの向こうへ消えたと思ったら、縁が欠けた陶磁器の皿を手に戻ってきて、ふたりの前にそれぞれおなじ数の皿を置いた。ウェイターは姿を消し、不釣り合いなふたりだけが残された。

目の前に並んだいかにも生ぬるくてまずそうな料理を、メイナードはうんざりと眺めた。

「あの――いまは食べられそうにありません」

ガスリーは微笑んだ。人によっては、「刑務所で出る食事よりもよっぽどましだろう」と応じるかもしれない。しかし、ガスリーはそういうタイプではなかった。六十年あまりの人生で辛抱を学び、長年メイナードのような男たちを相手にしてきたので寛容だった。メイナードが料理に不満を感じたとしても、それは予想どおりの反応だった。彼が不満を感じるのは当然だった。

ほんの一時間前、メイナードは自由で、どの観点から見てもそれが今後も続くものと思われた。彼の罪状や人相が載った五ヵ月前の警察公報はほとんど忘れ去られていた。捜査が打ち切られるのも時間の問題だった。その後は名前さえ変えれば、彼の前にはまっさらな未来が開けていた。メイナードの行く末は薔薇色だったのだ――一時間前までは。輝かしい未来を思い描きながら角を曲がったところ、思いもよらない相手とばったり出くわしてしまった。もっとも会いたくない相手と。

せっせと料理を口へ運ぶガスリーを眺めながら、この事態も想定しておくべきだったとメイナードはうなり声をあげた。往々にして、起こりそうにない出来事ほど実際に起こるものなのだ。ひとりでの逃亡生活の末、人目につかない下宿屋へ転がりこみ、それから五ヵ月ものあいだは一歩も外出しなかった。病人のふりをして、想像を絶する退屈な日々に耐えたのだ。万が一に備えて、もう五ヵ月我慢するべきだったのだろう。この天気がいけなかったのだ。燦々《さんさん》と陽射しが降りそそぎ、さわやかな春の風に乗って、子供がはしゃぐ声が聞こえてきた――そうしたすべてに心の奥のなにかが揺り動かされてしまったのだ。メイナードは若かった。故郷から八百キロ近く離れたこの地で、彼を知る人物に会う可能性はまずないと考えた。メイナードは初めて用心を忘れて行動した。

メイナードは自分の愚かさに身もだえする思いだった。もっとも、彼は馬鹿ではなかった。馬鹿には巧妙に帳簿を改ざんすることはできない。馬鹿にはまことしやかな事業報告書を捏造することもできない。そしてニューヨーク行きの切符を買い、だれにも見られていないどんぴしゃりのタイミングを見計らって反対方向の列車に飛びのることも、馬鹿にはできなかった。

確率からいえば、メイナードが発見されるおそれはなかったはずだ。しかし、いまこうして、処罰のために彼を連れ帰る相手と食事をしていた。

「食事に手をつけないのは仕方ない」ガスリーは考えた。口のなかのものを飲みこんでから、声に出していった。「列車なら、これよりもましな夕食を期待できるだろう」

「うむむ」メイナードは不満げな声を漏らした。「今夜、出発するつもりですか?」

「今日の午後だ」ガスリーは訂正した。「四時の列車に乗る」

メイナードは相手を正しく見定めようと、ちらりとガスリーへ目をやった。年齢は六十歳よりも上、背が高く、がっしりとした体格。二十年前であればつけいる隙はなかっただろう――十年前でも同様だったかもしれない。しかし、年齢のせいで衰えたのは否めず、たくましかった筋肉もやせ細っていた。メイナードをつかまえた男は、かつてはまさに砲弾そのもので、刃向かう者はまずいなかった。

メイナードは暴力がきらいだった。しかし、自分の自由がかかっているとなると否も応もない。メイナードは抜け目なく、当局へ引き渡されるまでに起こる出来事をひとつひとつ検証した。今日の午後から夜にかけて、場合によってはそれ以降もふたりきりのはずだ。そのあいだには、ふと気を抜く瞬間もあるにちがいない。その機会を見逃さないことだ。ガスリーの体格にそぐわぬぶかぶかの服を、メイナードは満足げに眺めた。

当事者ではなく、ただの傍観者になったつもりで自分とガスリーの体格差を冷静に比較し、殴り合いになった場合に勝算があるかを考えた。体重は二十キロ以上負けていた。しかし、問題となるのは筋力で、体重そのものが勝負を決するわけではない。かつては筋骨隆々だったガスリーもぜい肉が目についた。張りぼてのような柔らかい力こぶならば、指を突きたててやる自信はあった。メイナードは健康そのものだった。慌ただしく故郷を離れる前、カントリークラブの利用率の高さは会員のなかでも群を抜いていた。その後五ヵ月のブランクはあるものの、そのあいだも体操を欠かしたことは一日もない。自分の選択とはいえ、隠遁生活は想像を絶するほど退屈だったので、毎日三十分の体操がいい暇つぶしになっていた。

メイナードは内心せせら笑った。この男は八百キロ近い距離を護送するつもりなのだ！ そんなことができるわけがない！ メイナードはすでに自由の身も同然だった。ガスリーはまちがいなく武器を携帯しているはずだが、そのことを考慮しないのはいかにもメイナードらしかった。そんな必要はなかった。ガスリーが素手で闘うしかない場面を選ぶつもりなのだ。頭の回転が速いメイナードならば、その機会を見逃すはずはない。その見極めさえまちがえなければ、おのずと結果はついてくるだろう。メイナードはようやく食欲がわいてきて、料理に手をつけた。

ガスリーはそれを見て微笑んだ。

「それでいい。いまできることをすることだ」長年の経験から、ガスリーはほとんど反射的に続けた。「これからどうなるのかはわからない――裁判で幸運に恵まれるかもしれん。判事があっさりと放免してくれるかもしれん」

裁判！ 判事！ このふたつはメイナードの予測に含まれていなかった。こうしてつかまったからには、処罰は逃れられないだろう。しかし、そもそもメイナードはつかまる予定ではなかった。衝動的に犯罪に手を染めたあの晩にそう決めたのだ。それは実現可能だった。まずまちがいなく実現可能だった。如才なく立ちまわれば。如才なく！ メイナードは心のなかで悪態をついた。たまたまその行為が法に触れるだけで、メイナードには悪の道へ進んだ自覚はなかった。それは単純に頭脳の問題だった。彼の頭脳と彼に群がる債権者たちの頭脳が勝負したらどうなるかは、だいたい予想がついた。当時、彼の嘘が発覚するはずはないと思った。事業は順調に進展していくはずだった。銀行も、彼の口座を調査した口数の少ない審査官も、メイナードが破滅へ向かっていることを察知できなかった。破産寸前だと見抜けなかったとしたら、それは彼らの責任だと、メイナードは傲慢にも考えた。そもそも、このような恥辱にまみれた結末を迎えるはずではなかったのだ！

その後、どういうわけか事業の進展に翳りが見えてきた。彼も体裁をとり繕うのが難しくなってきた。資金の回収はかんばしくなく、小切手も舞いこんでこなくなった。それでも無理やり口座をそのまま維持した。それ以外の道は最終的に破滅へつながるとわかっていた。いまの暮らしを続けるかぎり嘘は発覚しないはずだが、それが日に日に難しくなってきた。徐々に、すこしずつ、それでも避けようがなく、破滅のときが迫ってきた。おもな競合相手はすでに勝負を放棄し、なんとか乗りきろうと債権者の慈悲にすがっている状態だった。なまじこの頭脳さえなければおなじ道を選ぶこともできただろうと、メイナードは苦々しい思いに駆られた。しかし彼のサインがある虚偽の事業報告書の存在が、救済の道を閉ざしていた。メイナードはついに限界を迎えた。支援は期待できず、すぐに裁判が開かれ、有罪判決を下され、何年かの獄中生活を送るのは不可避となった。

そこでメイナードは彼らしく冷静に、思考を今後の方策に切り替えた。虚偽が発覚したのちも、刑罰を逃れる方法はあるだろうかと。その問題をずっと考えているうち、こうしてガスリーにつかまってしまった。いま、ガスリーの肉体的衰えをまのあたりにして、逃れる道はあると確信した。

回想にふけっていたメイナードは、ガスリーの苦しそうなだみ声にはっと我に返った。

「水！」ガスリーはあえぎながら、声を絞りだした。「水を！」

ガスリーは顔面蒼白だった。大きな体で立ちあがり、酔っぱらいのようによろよろと歩いた。巨大な両手で力なく喉をつかんでいる。

メイナードはサイドボードへ駆けより、水の入ったグラスを手渡した。ガスリーは苦労して水を飲んだ。

「心臓が悪くてな」ガスリーはつぶやいた。メイナードは前触れもなく有利な情報を知らされて驚きながら、ガスリーを椅子へ座らせた。「医者にいわれた――いつか――心臓が動かなくなると――壊れた時計みたいに」

どういうわけか、つい先ほどまでは仇敵《きゅうてき》だったはずの相手への同情が胸に溢れた。襟を緩めてやり、がたぴしうるさい窓を開け放った。

「医者を呼んできます！」メイナードはそういう自分の声を聞いた。

ガスリーには聞こえなかったようだ。

「医者を呼んできます」メイナードはもう一度繰りかえしたが、言葉が唇を通る前に、もう手遅れだと悟った。ガスリーは床へくずおれた。両手を大きく広げ、首はありえない角度に曲がっている。メイナードが躊躇しているうち、苦しそうだった呼吸が止まった。

ガスリーは死んだ。

生前、ガスリーは法の執行者――メイナードの敵だった。しかし命の際では、敵対する問題はすべて瞬時に消滅した。なによりも人としての情が優先された。そして死を迎えるやいなや、あらゆることがもとの状態に戻った。

ガスリーの命を救うことができるなら、たとえ自分の自由が脅かされるとしても、メイナードはあらゆる手を尽くすつもりだった。不思議な興奮を覚えながら、そう腹をくくったのだ。ガスリーを襲った恐ろしい不幸に比べれば、自分の不幸などものの数にも入らないと思えた。その前は、ガスリーと闘うつもりだった。それがどんな結果になろうとも、必要とあらば怪我をさせることも辞さない覚悟だった。ところが、人知を超えた力がその問題を彼の手からとりあげ、彼の覚悟を超える強烈な一撃をガスリーへ加えた。人知を超えた力の前に、メイナードは体が麻痺したように動けなかった。つねに機敏な彼の頭脳も、その刹那だけは機能を停止した。

突如として歯車がかちりと嚙みあったように、メイナードは茫然自失の状態から覚め、頭脳が回転しはじめた――迅速かつ正確に。ふたりは一緒に店へ入るところを見られている。ひとりで姿を消せば、十分とたたないうちに追われる身となるのはまちがいなかった。得てして人は最悪の事態を想像しがちだと、メイナードは抜け目なく考えた。ここから逃げだせば、ガスリーの死もメイナードが関与していると決めつけられ、どう釈明したところで重罪から逃れることは不可能だろう。この場を離れることは自白とみなされる――一切合切を白状したも同然なのだ。

しかしここに残ったところで、彼の立場がよくなるわけではなかった。メイナードの説明は認められるかもしれないが、すぐにガスリーは警官だと明らかになり、その後の捜査でメイナードはお尋ね者であることが発覚するだろう。そのあとどうなるのかは、考えるだけでぞっとする。ある罪を犯したことが明らかになれば、法はそれ以外のどんな罪でもなすりつけることができるのだ。

メイナードはドアに背中をつけて立ったまま、敷居をまたぐことができずにいた。しかし、早急になんらかの策を講じる必要があった。

そのとき、突然ドアが開いた。振り向くと、コーヒーを運んできたウェイターだった。その瞬間、メイナードは心を決めた。

「警察を呼んでくれ！」メイナードは怒鳴りつけ、ウェイターの鼻先でドアをばたんと閉めた。

絨毯の敷いていない廊下を遠ざかる足音が聞こえなくなると、メイナードは笑みを浮かべた。解決策――理にかなっており、唯一可能な解決策が天啓のようにひらめいたのだ。故郷から八百キロ近く離れたこの地では、メイナード同様、ガスリーの顔を知っている者もおそらくいないはずだ。成算はごくわずかだが、見込みがまったくないよりははるかにましだった。

素早く死体の上に身をかがめ、ポケットを空にすると、それを自分のポケットの中身と入れ替えた。ズボンのポケットから探し求めていたものを見つけ、メイナードは安堵のため息をついた。持ち主の身元を証明する小さな金の盾形の記章だ。

その作業が終わると同時にドアが勢いよく開いた。

メイナードは落ち着きはらった顔で警察バッジを見せたが、その心中は平静にはほど遠かった。

「マディソンから来たガスリーだ」メイナードは説明した。「一時間前にこの男を逮捕したんだが、突然死亡した」

メイナードは自分の説明がそこまで無条件に受けいれられるとは予想していなかった。

一時間にひとり犯罪者が死ぬのは常態かのように、警官は冷静にうなずいた。

「ここで逮捕したのか？」

「ああ」メイナードは答えた。「道でばったり出くわしたんだ。捜していたわけではないが、顔は覚えていた。こいつはマディソンへ帰りたがっていた」信憑性を増すためにそれとなく詳細をつけ加える自分の手腕を、かつて同様メイナードは誇らしく思った。「これが報いだったのかもしれん」

「そうだな」警官は達観したようにうなずいた。「ともかく、あんたのお手柄にはちがいないし、わざわざ護送する手間もなくなった」まじまじと死体の顔を眺めた。「下っ端じゃなさそうだな。かなり警官を手こずらせた口か？」

どういうわけか、メイナードは警官と一緒に死者を悪くいう気にはなれなかった。

警官は興味津々という顔でメイナードを見た。

「あんたがガスリーか。待っていたぞ」

メイナードの自信が揺らいだ。ここは曖昧に応じておくのが無難だと素早く計算した。「ん？」

警官はうなずいた。

「きっちり拘置所へ抛りこんで、あんたが書類を持ってくるのを待っていた。白状すれば」警官は力強く続けた。「ようやくこの町から追いはらうことができると、みんな大喜びするだろうな。こんな小さな町でも、始末に負えないやつなら何人もいるが、あれほどの悪党はそういない」

頭の回転が速いメイナードは、うかつなひと言を口にしたり、怪しまれるような質問を発したりすることはなかった。はからずも重要な情報を入手できた。ガスリーは職務でこの町を訪れたようだ。それを知らないと認めてしまったら、せっかくの計画も水の泡となるところだった。

刑事のポケットから奪った書類にすべて記してあるはずだとひらめいた。メイナードは書類の束をとりだし、なにげないふりを装ってぱらぱらとめくった。このなかに必要な情報があれば、なんとか切り抜けることができるだろう。いかにも正式書類が入っていそうな大きい封筒が怪しかった。メイナードは封筒を開けた。

「それだ」警官がメイナードの手から一枚の書類を抜きだした。「引き渡し請求書。まさにお待ちかねのものだよ」

メイナードは即座にすべてを理解した。彼がなりすましている刑事は、罪人の引き渡しのためにこの町を訪れたのだ。メイナードとしては、最後まで刑事のふりを続けるしかなかった。罪人を引き受け、町を出るまで護送するのだ。追跡されていないことを確認したら、罪人を逃がし、メイナードも中断したままの逃亡を再開すればいい。彼はすでに一回手ひどい失敗を犯していた。しかし、彼の頭脳をもってすれば、二度も失敗するはずがない。自由が待っているのだ。また、明るい未来が見えてきた。

部屋をあとにする前に、ふと気づいたことがあった。ガスリーはひとりではなく、ふたりの頑健な罪人を八百キロ近く護送するつもりだったのか！

豪胆なガスリーに心から感嘆し、はからずも讃辞が口をついて出た。「信じられん。なんという度胸だ」

警官がちらりと彼に顔を向けて微笑んだ。

「トゼッリに会ったら意見が変わるだろうな。あんたにはそれ以上の度胸が必要だよ」

簡単に片がつくはずだった。事実、それほど知性に恵まれていない人間を欺くのは、彼のような頭脳の持ち主にとっては拍子抜けするほど簡単だとしょっちゅう感じていた。場合によっては、ゲームに参加できる者がひとりもいないことすらある。だがメイナードは、そんなわずかな可能性を想定して、時間を無駄にすることもなかった。

彼の話は怪しまれることもなく受けいれられた。彼が地元の警官に説明したとおり、死体は逃亡中のメイナードだと思われている。慎重に言葉を選び、メイナードの罪状が重くならないように気をつけた。帳簿をごまかした件は伝えた。帳簿をごまかすこともできない場所へ旅立ったのだから。これで彼の口座は閉鎖される。昏で言葉を紡ぎながら、彼の頭脳は忙しく働きつづけた。罪を犯したメイナードは公式には死亡したことになり、指名手配は解除されると注意深く心にメモを残す。明日、ガスリーになりすました男は姿を消し、男に引き渡した罪人もまた同様だろう。それにより、彼の立場はますます揺るぎないものになる。警察関係者は知らせを聞いてかぶりを振り、そのような危険な任務を老人に任せた判断がまちがっていたと認めることだろう。罪人がその後再逮捕されたとしても、本人の罪状が追加されるだけだ。そしてメイナードの事件の記録はこれで終わりとなる。

彼自身の機を見るに敏な後押しもあり、運命はいまやメイナードの手に握られていた。本署の警官たちは、メイナードの説明どおりに正式な書類を作成した。「では、いよいよ引き渡しだな」

警官はメイナードを漆喰《しっくい》塗りの小さな独房へ案内した。

「トゼッリだ」警官はいった。

メイナードは鉄格子のなかをのぞきこんだ。ひと目見ただけで、これまで耳にした断片的な情報はすべて正しいと理解できた。罪人はずんぐりむっくりした体つきで、腕は猿のように長く、脚は不格好に曲がっている。その上に載っているのが、弾丸そっくりの形をした頭だった。髪は短く刈ってあり、邪悪そのものの小さな目が光っている。

「暗い夜に」警官が尋ねた。「こいつとばったり会ったらどうする?」

メイナードは身震いした。知識としてトゼッリのような男が存在することは知っていた。しかし、実際にその典型ともいえる男をまのあたりにするのは初めての経験だった。

「歓迎する気にはなれないよな、ガスリー」

「もっと凶悪なやつを相手にしたこともある」メイナードはこの種の返答が期待されていると感じた。「怖いとも思わん」

話をしていると、罪人がふらつきながら立ちあがり、鉄格子へ近づいてきた。不潔な服の下で猿のような筋肉がひくひく動くのを、メイナードは見たというよりも感じとった。罪人が無言で自分を見定めているのがわかり、名状しがたい恐怖を感じた。殴り合いになった場合に勝算があるかを考えているのだ。ほんの一時間前、殴り合いになったら勝算があるかと彼自身がガスリーを見定めたように。

これに周囲の警官たちはどよめいた。

「おい、品定めしてやがるぞ!　なんて野郎だ」

男は尖った歯を見せてにやりと笑った。

刑事が独房の扉を勢いよく開けた。

「ほら、出てこい——よく見えるようにな！」刑事は荒々しく命令した。

トゼッリは調教されたゴリラのように従順だった。脚を引きずりながら、無言で廊下へ現れる。メイナードは彼が黙っていることが耐えられなかった。ひと言でいいから口をきいてくれ！わずかでもいいから、人間らしいところを見せてくれ！

メイナードは罪人よりも十五センチ以上背が高かった。尻ポケットにあるガスリーのリヴォルヴァーの重さも心強い。なにより、ここ数ヵ月で初めて、法は自分の味方だと感じることができた。

その必要はまったくなかったが、メイナードは荒々しく罪人の右手をつかんだ。垢じみた肉に触れた瞬間、無意識のうちに身震いしそうになったが、なんとか堪える。続いてやはり衝動的にポケットからガスリーの手錠をとりだし、トゼッリと自分を手錠でつないだ。

「どうだ！」メイナードは息を切らせていた。自分でも驚いたことに、彼の声は妙に説得力があった。「これで逃げられまい！」

トゼッリはメイナードに顔を向け、にやりと笑った。

罪人の引き渡しを終えた警官たちの最後の言葉はこうだった。「こいつが凶悪なのを忘れるな。逃げだそうとしたら、躊躇せずに発砲しろ！」

メイナードは微笑んだ。罪人は逃げだそうとはしないし、発砲することもない。折を見て手錠をはずし、ふたりとも逃亡するのだ。

道路を渡ろうとしたときだ。積荷を満載したトラックが走ってくるのを見て、メイナードは罪人のほうへ体を寄せた。すると手錠をつけたほうの腕をぐいと引っぱられ、迫りくる危険へ向かって突きとばされた。必死で飛びのき、全身で罪人にしがみついたおかげで、間一髪で轢《ひ》かれるのを免れた。

「なにをする！　この悪魔め！」メイナードは叫んだ。

トゼッリはメイナードを見上げ、黙ってにやりと笑った。

敵ではなく、味方なのだと伝えることさえできたら！　だが様々な事情で、メイナードは打ち明けることができなかった。彼が重罪でつかまる心配さえなければ、いますぐ解放したいところだったが、それは不可能だった。手錠に気づいた通りの悪ガキたちが、大騒ぎしながらあとをついてくるし、ニッケルの鎖がきらりと光るのに目をとめた通行人も、興味深げに彼らを眺めていた。解放するには、一度ふたりきりになる必要がある。メイナードは鉄道駅へと急いだ。

待合室の長椅子に腰を下ろすと、罪人も無理やり隣に座らせた。列車が到着するまで三十分ある。それだけあれば充分だった。当初は町を遠く離れてから解放するつもりだったが、計画を変更することにした。物騒な道連れと一刻も早く決別することしか考えられなくなっていた。垢じみた手と自分の手が触れるたび、身震いするのを止められなかった。

メイナードは犯罪者だった。法を犯したため、警察公報に掲載された。そして傍らのトゼッリも犯罪者だった。しかし、ふたりが同類とされることには激しい憤りを覚えた。どちらも司法の手からの逃亡者であり、どちらも属していた社会への出入りを禁止されたため、多くの共通点があるとみなされてしまう。そう頭に浮かんだ瞬間、彼はぞっとするほどの嫌悪感を覚えた。駅にこれほど人が多くなければ、即刻手錠を解錠していただろう。

この男はどんな罪を犯したのかという疑問が頭に浮かんだ。ガスリーのポケットから失敬した書類に書いてあるにちがいない。メイナードはぱらぱらと書類をめくった。事件を詳しく報じた新聞記事の切り抜きが挟まっていた。記事を読みはじめた。

事件が起きたのは、冬の夜だった。強盗であることは疑問の余地もない。動機は恨みだった。ただの誤解だったのか、実際にそうだったのかはわからないが、侮辱されたと感じた男は人里離れた家に窓から押し入った。男の雇い主の妻は子供を腕に抱いて睡眠中だった。男は手斧を振りあげ――

記事は被害者の様子を克明に描写していた。

メイナードは気分が悪くなってきた。虫唾《むしず》が走るひとでなしと自分を切り離そうと、衝動的に鍵を手にしていた。それを錠に差しこんだところで、スカートが揺れる音が聞こえた。メイナード同様、できるだけ早い列車に乗ろうと急いでいる子供連れの女性だった。まだうら若き女性で、子供は笑い声をあげていた。この鍵をまわしたら、けだもののつぎの犠牲者となるのはこのふたりかもしれないと頭に浮かぶ。慌てて鍵を錠から引き抜き、両手で頭を抱えた。

「なんということだ！　どうすればいいのだ！」メイナードは小声でつぶやいた。

列車の座席に腰を下ろすと、殺人犯は手錠を指し示すかのように鎖を揺すり、にやりと笑った。メイナードはその意味が理解できた。実際に言葉にしたのと変わらなかった。「手錠をはずせ！」と要求しているのだ。メイナードは恐怖に震えながら、つい先ほどまでの自分を思いかえしていた。

「手錠をはずせ！」ほんの三十分前、メイナードは手錠をはずすときを心待ちにしていた。そしてメイナードの自由は、この殺人犯の自由なしには成立しない。計画では容易に思えたことが、現実には実行が難しくなってしまった。

「手錠をはずせ！」そうすれば当然メイナードは自由になれる。しかし同時に、このけだものも自由となるのだ。傍らの奇怪な外見をした人非人にまで、自由をもたらしてしまうのだ。通路の向こうには、なにも知らない乗客がのんびりと座っている。そのような行為は人として許されない！　人道的な問題だ！　そして彼の手首につながれているけだものは、人に襲いかかるのを待ちわびている！

メイナードは法律そのものはたいして重視していなかった。だから法を破った。そればかりか、罰を受けずに逃げおおせることができると考えていた。だが、人間としての根源的な規律となると話はべつだった。《汝、殺すなかれ！》との定めは、理屈抜きで尊重していた。もっとも、これまでその意味を深く考えたことはなかったが。その矛盾に突きあたる日が来るとは、想像したことすらなかった。しかし運命は、みずからの手で武器を振るうのと変わらない選択肢を彼に与えた。手首でつながれている男を自由にし、不可避の事態を招いたとしたら、彼もまた同罪ではないのか。それとも、さらに罪が重いのだろうか。メイナードには未来を予測できる頭脳があった。彼の頭で渦巻いている悪夢が現実のものとなったら、その責任はだれにあるのか。

理論上はその事態を避ける義務はない。しかし、避けるべきだろう。こうして彼はみずからを窮地に追いこんでしまった。列車は彼が逃げだした場所へと向かっている。彼が苦労して広げた追っ手との距離を、毎時六十五キロ近くの速さで着々と減らしている。彼の最初の失敗はとりかえしのつかない結果を招いたが、運命はそれを水に流してくれた。メイナードは二度目も失敗するのだろうか。

「それはいやだ!」メイナードは息を吸った。「なにがあろうと!」

メイナードは不可能を可能にする必要があった。罪人をきっちりと警察へ引き渡したうえで、彼自身は無事に逃げおおせなければならない。手錠で座席に固定して、殺人犯を置き去りにすることも考えたが、うまくいくわけがないとすぐにその案は却下した。一度手錠をはずしたら、再度手錠をかけるのをおとなしく待っているはずがない。すでになにかを察している様子だった。どうして鍵を錠に差しこんだのか? そこまでしておきながら、なぜ解錠しなかったのか? フェレット程度の頭脳でも、たまたま事情を察することもあるだろう。

もしかしたら、彼とおなじレベルの頭脳の持ち主かもしれないと頭に浮かんだ。狡猾そうな目をちらりと見る。彼を見返す目は親密ささえ感じさせた。

列車が徐々に速度を落とし、音をたてて駅に停車した。男は平然と立ちあがり、顔でくいと外を示した。ここで降りろと要求しているのだ。冗談ではないとメイナードは急いで立ちあがり、力ずくで男を座らせた。この男は人の思考を読めるのだろうかと怪しんだ。実はメイナードはこの駅で列車を降りることを検討していた。好奇の目がないところで、手錠を解錠してしまいたい誘惑に駆られたのだ。しかし窓の外へちらりと目をやっただけで、その気持ちは潰《つい》えた。こぎれいな小さい家が整然と並ぶ白っぽい通りが続き、遠景にはツタに覆われた飾り気のない教会が見えた。その光景は、平穏な地域社会に悲劇と死を投げこむことでしか、自分の自由を手にすることはできないと告げていた。しかし、そうして手に入れた自由を享受することなどできるのだろうか。自由――なんの拘束も受けず、自分の意思のままに行動する権利。新聞を広げるたびに、自分が原因となった事件が載っているのではないかと怯えるのであれば、その自由に意味はあるのだろうか。人間の追っ手からは解放されるだろうが、自分のせいで起こった陰惨な事件のニュースには、この世の終わりまで追いかけられるのだ。

罪人は背中を丸めて隣に座り、邪悪な目で突きさすように彼を見た。男はまだひと言も口をきいていなかった。その必要もなかった。目が雄弁に物語っていた。困惑が疑念に、疑念が確信へと変わり、確信がまた疑念へと変化し、それも痛烈かつ圧倒されるほどの憎悪に呑みこまれた。

ふたりの小競り合いが周囲の乗客の注意を引いたようだ。好奇心が旺盛な旅のセールスマンが立ちあがり、近くへ来て罪人をまじまじと観察した。

「こいつはなにをしたんです？」セールスマンはにこやかに尋ねた。

「殺人だ」メイナードは短く答えた。

旅のセールスマンの笑みは瞬時で消え、慌てて姿を消した。

メイナードが視界の隅で観察していると、周囲の乗客にそのことを触れてまわっていた。

「いや、危険はありませんよ」セールスマンの声が聞こえてきた。「手錠でつながれていましたから」

メイナードは無意識のうちに胸を張っていた。いまや新たな役目を期待されていた。社会を追われて逃亡していたメイナードが、社会の守護者となったのだ！

やがて車両の最後尾の様子を見物するふりをして、乗客が二、三人かたまって落ち着かない様子でやって来ては、ふたりともを食いいるように眺めた。

彼らの感想もいくつか聞こえてきた。

「見たか。手錠でつながれているぞ！」

「人殺しだそうだ。あっちの男がいっていた」

「野放しにしたら、なにをしでかすことやら！」

魅力的な若い女性が心配そうな父親を引きずるようにやって来て、興味津々という顔でふたりを見比べた。

「どちらが人殺しなんですか？」娘が尋ねた。

自分自身に問いかけている疑問でなければ、メイナードは大笑いしていただろう。どういうわけか、ユーモアのかけらも感じられなかったが。

両親からきちんとしたしつけを受けた娘は、ふたりに等しく眩いばかりの笑みを向け、軽やかに歩み去った。父親は通りがけにメイナードへ愛想よく会釈した。面白いことに、乗客は突然メイナードを友人として遇しはじめたのだ！　メイナードの側はおなじ心境とはいいがたかった。法として明文化された社会慣習はメイナードを社会から追放した。だから乗客たちに親近の情はほとんど感じなかったのだ。右手ではなく、左手に手錠をしているのはたまたまで、ガスリーが生きていたら、まったく逆の立場になっていた。いまや限界まで追いつめられ、ガスリーが急死しなければと頭をよぎる一瞬もあった。そうすればもっと問題は単純だった。目に見える敵であるガスリーさえ出し抜けば——しかしいまでは心の奥底に、答えのわからない根源的な問いがつぎつぎと生まれていた。

メイナードは窓の外を飛び去る里程標を数えはじめた。ひとつ数えるごとに、彼の安全が脅かされていく。ひとつ数えるごとに、彼を知る人物が列車に乗りこんでくる可能性が高くなる。メイナードはひとごとのように、そのときなにが起こるだろうと想像した。

あたりは夜の帳《とばり》に覆われ、列車は走りつづけた。

ふたりは夜になっても、普通客車の座席に背筋を伸ばして座っていた。列車に乗ってから、一度も食事をしていなかった。ガスリーならば罪人を食堂車に連れていき、夕食をとらせただろう。メイナードもそうしようかと考えたが、却下した。揺れるデッキを通るのは、逃亡の危険を増やすだけだ。突然大きく揺れ、ふたりをつないでいる細い鎖に限界以上の力が加われば、晴れて自由の身だとも考えた。そうした事故が起これば、彼の肩の荷はおりるだろう。しかし、事故が起こることを予測していたら、敢えてそうした事故を誘発するように行動していたとしたら、やはり許されることではなかった。

夜になると、乗客の姿は徐々に減っていった。駅に止まるごとに、眠そうな乗客がメイナードに会釈して、降りていった。朝になれば目的地まであとすこしだ。ふたりが座る客車には、離れた席でうたた寝する乗客がちらほら見えるだけだった。

そのとき、初めてトゼッリが口を開いた。メイナードへ顔を近づけ、耳もとでささやいた。

「あんた——ガスリーじゃねえ！」

メイナードは疲労困憊していて、驚く余裕もなかった。

「ああ」彼は素直に認めた。「ガスリーじゃない」

殺人犯はにやりと笑った。

「なんでガスリーのふりをしてんだ？」

メイナードは即座に拘置所でのことを思いだした。刑事たちはメイナードを死んだ警官の名前で呼んでいた。罪人は驚いたが、その意味がよく理解できなかった――あのときはまだ。

メイナードは話の続きを待った。

「ガスリーに――逮捕されたことがある――五年前にな。だからガスリーのことは知ってんだ」

「なるほど。それで？」メイナードは自分の声がそう答えるのを聞いた。

トゼッリは意地悪い目つきでちらりとメイナードを見た。

「あんたがガスリーを殺したんだろ？」

メイナードは相手をしても無駄だと感じた。

「あんたがガスリーを殺したんだ」トゼッリはしつこく繰りかえした。「いいさ。逃がしてくれりゃ、黙っといてやる」

「逃がすつもりはない」メイナードは静かに答えた。

「おれを引き渡したら、あんたもつかまるぜ」トゼッリは脅した。「ばらしてやる！」

「そうだろうな」メイナードは微笑んだ。「当然、黙ってはいないだろう」

殺人犯は威嚇するように顔を近づけた。

「こいつをはずせ！」トゼッリはうなり声をあげた。

メイナードはうんざりして目を閉じた。一瞬も気が抜けない長い夜、ずっと考えに考えて彼なりの答えにたどり着いた。

「駄目だ」メイナードは答え、さらにきっぱりとつけ加えた。「逃がさないぞ、トゼッリ」

メイナードはあくびをし、うっかり手錠をはめた手を口にあてた。これがあやうく生きている最後の動作になるところだった。目にもとまらぬ速さでトゼッリの右腕が動き、鎖をメイナードの喉へ巻きつけた。同時に自由になる左手でメイナードの手錠をつけた手を押さえ、容赦なく鎖を締めつけた。メイナードはやみくもに殴りかかったが、効果はなかった。トゼッリは悪魔さながら、背後からぎりぎりと喉を絞めつけた。メイナードは肺が焼けたように熱くなってきた。目と舌が飛びだす。トゼッリを背負ったままよろよろと立ちあがり、全身の力を振り絞って背後の敵を投げ飛ばした。

トゼッリはすさまじい音をたてて床に叩きつけられた。つかのま気をうしなっていたが、猫のようなすばしこさで立ちあがり、扉を開けて動いているデッキから飛びおりた。

メイナードは痛む肺に空気を満たし、手首からぶら下がるちぎれた鎖を一瞬呆然と眺めた。そして離れた席でうたた寝している乗客が、なにが起きたのかを理解する暇もなく、扉に駆けより、トゼッリに続いて列車から飛びおりた。


マディソンの目抜き通りを奇妙なふたり連れが歩いていた。先頭を歩いているのは人間ともゴリラともつかない生物で、外見は両方の特徴を併せもっていた。顔の形がわからないほど殴られており、両目とも黒いあざができている。ぶつぶつつぶやいているのは、どうやら勘弁してくれとむせび泣いているようだった。両手をだらりと垂らしてよろめきながら歩いているが、片手には壊れた手錠の片割れがきらりと光っていた。

その後ろから生物の歩みが遅くなるとせっついているのは人間の男だった。コートは破れ、襟は吹き飛び、顔は傷だらけで出血していた。そのうえ石炭の燃えがらと炭塵で真っ黒なので、人相は判然としなかった。

それでも男には人を圧倒するオーラがあり、増えるいっぽうの野次馬たちも彼にはおとなしく道を譲った。それは引きむすんだ唇が意志の強さを感じさせるせいかもしれないし、独特の目の輝きのせいかもしれない。あるいは、壊れた手錠のもう片割れが男の手首にぶら下がっていたからかもしれない。

ゆったりとした着実な足取りをくずすことなく、あたりをきょろきょろ見まわすこともなく、メイナードは罪人を警察署へ連れていった。

「トゼッリだ」とメイナードが告げると、ただちに何本もの腕が伸びてきて殺人犯を押さえつけた。

メイナードはすぐ後ろをついてきた野次馬たちにちらりと目をやった。名前を知っている男ばかりだった。しかし、だれひとり彼に気づいた様子はない。石炭の燃えがらと炭塵の効果はあったようだ。正体に気づかれていないとわかった瞬間、メイナードの前にはまた自由へ至る道が開けた。

だがメイナードはすっきりした表情で、机の向こうの警官に告げた。

「わたしも逮捕してくれ。盗人のメイナードだ」

証　人

映画撮影機を積んだトラックが撮影現場に近づいた。颯爽とした青年が仲間に最後の指示を出した。

「さて、全員やるべきことはわかっているな。しっかりやろう。一回で終わらせるぞ」

一同、黙ってうなずいた。

トラックはセカンド・ナショナル銀行の前へ移動し、立派なエントランスを撮影しやすい場所に陣取った。正午の人の流れが魔法のようにぴたりと止まった。経験豊富な助手がカメラに入らないように左右へ振りわけたのだ。

「演技始め《アクション》」颯爽とした青年が大声をあげた。青年は撮影機のクランクをまわしはじめた。

恰幅のいいビジネスマンが回転ドアを出てきた。

「カメラがないつもりで演技しろ」監督が叫んだ。

ビジネスマンはたちまち状況を理解し、撮影に協力した。

パンパンにふくらんだ小さな肩掛け鞄を持った老人――いかにも信頼の篤い従業員といった風情――が回転ドアを通りぬけた。外へ出たとたん、老人は三人の若い男にかこまれた。

「その調子だ」監督はクランクをせっせとまわしながら叫んだ。

その後の展開は臨場感たっぷりだった。

老人は不安そうに足を止め、鞄をしっかりと抱えこみながら、右手で拳銃を手探りした。重い拳が老人の顎へ飛んだ。老人はさっと拳銃をとりだしたが、襲撃者のリヴォルヴァーのほうが早かった。鋭い銃声がとどろき、老人は舗道にくずおれた。

またたく間に増えた野次馬は笑顔でドラマを見守っていた。

「いまだ、ジョー」監督が指示した。「鞄だ」

ひとりが老人の震える手から鞄を引ったくった。

監督は最後に現場を一瞥し、「ＯＫ」と宣言した。襲撃者を演じた男たちがトラックへ飛びのった。即座にトラックは走りだし、角を曲がって姿を消した。

「変だな」野次馬のひとりがつぶやいた。「俳優がひとり残っているじゃないか」

男は倒れたまま動かない老人を指さした。そのとき、老人のこめかみに穿《うが》たれた穴から細く血が流れていることに気づいた……。


「入れ、チコレッティ」地方検事補トルーンは声をかけた。「そこへ座れ。マッケンジー事件の話をしようじゃないか」

ギャングは警戒怠りなく自分の横に並んだ警官たちをにらみつけた。その目は居並ぶ敵をあざ笑っていた。

「どんな話がしたいんだ？」

トルーンは数枚の書類を押しやった。「おまえの供述書だ」と、にこやかに告げる。「全部書いておいてやった。おまえの手間を省いてやろうと思ってな。あとは署名するだけだ」

チコレッティの唇が歪んだ。「どうやって署名させるつもりだ？」

トルーンは微笑んだ。「隠しだてするつもりはない、チコレッティ。どこでトラックを盗み、どこに乗り捨てたかはわかっている」

「証拠は？」チコレッティは問いただした。

「ない――トラックについての証拠はな」トルーンは認めた。「しかし、わかっているのはそれだけじゃない。映画撮影機を盗んだ場所も、それをトラックへ置き去りにしたことも知っている。これは映画に出演した男たちのリストだ」

チコレッティはさりげなくリストに目をやった。「こいつらがいたとだれがいっているんだ？ジョー・ジェンナーロの名前があるが、あいつはあの週いっぱいピッツバーグにいたぞ。証人もいる」

トルーンはひるまなかった。「彼がマッケンジー老人の頭を撃ったのを目撃した証人がいる」

「証人？」チコレッティは繰りかえした。「証人だと？　いいだろう。だれが証言するといっているんだ？」

明らかに脅していた。彼らの証言によってのみ有罪となる被告の冷酷無情な顔を目にしたとき、証言台に立った証人にどんな変化が起こるかには、トルーンも何度となく苦汁を嘗めさせられてきた。記憶があやふやになることもあれば、一度は本人だと断言したものが、たしかではないという証言に変わることもあった。相反する証言をしたり、撤回したり、告訴をとりさげたり——そして被告は無罪となるのだ。

数ヵ月前、脅迫に屈することを断固として拒否する証人がいた。一週間後、撃たれて蜂の巣のようになった死体が自宅玄関の前で発見された。トルーンはその事件のことをよく覚えていた。

「一度は目撃したと証言しても、その後、口を噤《つぐ》むかもしれないと思っているんだろう。チコレッティ、おまえが考えていることくらいお見通しだ！　しかし、今回は証人に無理やりいうことを聞かせることはできないぞ！　脅して意のままにすることだってできない！　起こったままを正確に記憶して、そのとおりを陪審に証言できる証人なんだ！」

トルーンが警官のひとりに合図すると、部屋が暗くなった。目の前の漆喰塗りの壁が四角く照らしだされた。

やがてそこにいろいろな形が浮かびあがった。セカンド・ナショナル銀行の立派なエントランスだった。最初に登場したのは恰幅のいいビジネスマンだ。続いて、ふくらんだ小さな肩掛け鞄をしっかり握りしめたマッケンジー老人が現れた。

トルーンの声が暗闇に響いた。

「もちろんおまえの姿は映っていない、チコレッティ。映っているはずがない。しかし、映画撮影機のクランクにおまえの指紋が残っていたので、写真に撮っておいた」

映写機のカタカタいう音のなかに、ギャングがはっと息を呑む音だけが響いた。

またトルーンの声が聞こえた。

「真に頭が切れる男なら、フィルムが抜きとってあることを確認しただろうな。おまえはどういうわけかそれを怠った。盗んだとき、撮影機にはフィルムが入っていた。おまえがクランクをまわしているあいだも、フィルムは入っていたんだ。チコレッティ、この映像を撮影したのはおまえだよ」

部屋の電気がついた。ギャングはもはや颯爽とは見えなかった。彼はどさりと椅子に腰を下ろした。

「これがおまえの供述書だ、チコレッティ」トルーンはいった。

チコレッティは署名した。

P・モーランの観察術

ニューヨーク州サウス・キングストン
アクメ国際探偵通信教育学校　主任警部より
コネティカット州サリー　R・B・マクレイ氏気付
探偵P・モーラン殿

……当人の観察眼が重要であることを理解できるでしょう。

「こいつだ！」若い探偵は断固たる声で宣言した。態度も自信に満ちあふれていた。警部補、警部、さらに警視総監までが畏怖の念に打たれた。「ど、どうしてわかる？」一同、口ごもりながら尋ねた。

「ぼくは海兵隊の少将に変装しているとき、寝ているアイスクリーム屋の尻ポケットから上院議員が財布を抜きとったのを、この目で見たからです」

これは用例です。おそらく「どうすればそんなことができるのか？」と疑問に思うでしょうが、その答えは百聞は一見にしかず、です。わずかな観察が大きな推論を導くのです！
依頼を受けたら、つねに事件のことだけを考えるのです！
現場へ行きなさい！　注意怠りなく目を見開いて！　あなた自身の目で見たことが事実なのです！

J・J・OB

追伸　医学書は医学の知識がなければ役に立ちません。難しい単語の意味がわからないからです。〈頭蓋〉〈嬢腹部〉〈胸骨〉の正確な意味を知っていますか？　当然知らないでしょう。課題が難しかったら、質問してください。お答えします。そのためにわたしがいるのですから。

注記《NB》　物価高騰のため、受講料を値上げしました。一回あたり五ドルになります。
現金はまちがいなく書留で送ってください。

コネティカット州サリー　R・B・マクレイ氏気付
探偵P・モーランより
ニューヨーク州サウス・キングストン
アクメ国際探偵通信教育学校　主任警部殿

やってみましたが観察の初級は簡単すぎるので、観察の中級を希望します。まだ課題を送っていないのなら内容はわからないけど、観察の上級はいらないかもしれません。そして手紙の最後に書いてあったN・Bへの返事ですが、ぼくのイニシャルはP・Mです。N・Bがお人よしで、要求どおりすぐに払ってくれるといいですね。

今日の午後、ぼくは車庫で口笛を吹いていました。来週から休暇の予定だからです。そこへ旦那さまが奥さまと一緒にやって来ました。

旦那さまが「ピーター、相談したいことがある。ただの気休めかもしれないがな」というので、「どうぞ、マクレイさん」と答え、スプリングのいかれたソファのほこりをはたき、車庫のなかほどにぼくのオフィスがあるんですが、そこにあった椅子も用意しました。座ろうとしたとき、奥さまがきゃーっと声をあげ、「まあ、ピーター、これは通信教育の課題ね。ちょっと見てもいいかしら。主人があなたに説明するあいだ、読んでいてもかまわない？　わたしは事情をすべて知っているので、話を聞く必要がないの」といいました。

「医学書と一緒で、医学の知識がなければ役に立ちません。〈頭蓋〉が背骨という意味だと教受に教えてもらわないといけないようだと、その課題を理解するのは難しいんです。アクメ国際探偵通信教育学校の講座を定期的に勉強していればべつですが。ニューヨーク州サウス・キングストンにある学校です」

「冗談でしょう、ピーター？」

「本当です、奥さま。だけどなにかわからないことがあれば、ぼくに質問してくれれば、お答えします」

「まあ、親切ね、ピーター」

奥さまは課題全部をひっつかみました。旦那さまは外へ行こうとぼくにウィンクしました。旦那さまは「ピーター、おまえが何度もみごとに事件を解決したことは否定できない。わたしはだれよりもそれを認めていて、これからも否定するつもりはない」といいました。

「はい、マクレイさん」

「サリー・カントリークラブで起こった事件の話を聞いてくれ。わたしも若いころはテニスを楽しんだものだが、年をとってからはゴルフばかりだ。しかし、ゴルフは年寄りの遊びだと最初にいった男をぶん殴ってやりたいもんだな。まったく勘違いもはなはだしい……スタナード・カトラー夫人は知っているか?」

「はい」

「チャールズ・B・ロミントン夫人は?」

「知っています」

「おふたりのことをどう思う?」

「ふたりとも感じのいい老婦人です」

「ふたりは長年のライバルなんだ。ロミントン夫人はいわゆる安定したゴルファーだ。その気になれば、つねに90を切ることができる」

「お年寄りにしてはすごいですね」

「話の腰を折らないでくれ、ピーター。カトラー夫人はそれほど安定したゴルファーではない。夫人が83でまわったことがあるのは有名な話だ。いっぽう、１００どころか、１１０叩くこともあることで知られている……意見があるなら、いま聞こうか、ピーター」

「ゴルフについて聞いたことが正しいのなら、83というスコアを叩きだしたおばあさんはただ者じゃありませんね」

「そうだな。うちのカントリークラブは九ホールしかないのに、ご婦人たちがプレイすると一日がかりだ。ピーター、数学が得意なおまえなら、すぐに計算できるだろう。彼女たちはひとつのホールをまわるのに十打か十一打叩く。ショートホールなら七打か八打で済むだろうが、それも小槌か小さなほうきを使えばの話だ。そして三本あるロングホールとなると、十二打でも足りない。そのうえボールをなくしたり、バンカーから出すはずのボールを埋めてしまったりする。彼女たちがまわったあとのコースは、爆撃をくらったのかと思うほどだ」

ぼくはゆっくりと考えました。旦那さまや奥さまはカントリークラブへ行くときに車を使わないので、運転手の出番はありません。だからぼくもカントリークラブには行きません。特に常勤の異性がアニー・ピアースしかいないこともあって。女性用ロッカールームで働いているアニーは余裕で六十歳を超えているので、ぼくの手帳に名前が書いていないんです。郵便局に行くとプロゴルファー、キャディ長、テニス教師に会うこともありますが、彼らが老婦人やそのスコアの話をしなかったのは賭けてもいいです。だからぼくはこのあと旦那さまから聞いた、スタナード・カトラー夫人とチャールズ・B・ロミントン夫人にいろいろあった話を知りませんでした。

「ピーター、ほとんど実力が変わらないふたりのご婦人がコースをまわれば、九ホールすべておなじスコアで終わることもあれば、そのふたりが強烈なライバル意識を燃やしている場合、最後までまわることができずに、大喧嘩になってスコアカードを破り捨てることもあると聞いても、驚きはしないだろう」

「それがどうかしたんですか、マクレイさん」

「どちらがクラブで一番最低のゴルファーなのか、判定できる者がいないんだ」

「マクレイさん、それでなにか不都合でも？」

「当人たちがご不満だ――昨日、ふたりは勝負をつけると決心した。九ホールまわり――二十五セントも賭けて――長年の問題をはっきりさせると決めたんだ。ここまでは理解できたか、ピーター？」

「はい」

「ふたりは午前九時半にクラブへ現れた。それが今朝の話だ。ふたりとも着替えは済ませていた。女性用ロッカールームからクラブも出した。スタナード・カトラー夫人は、一センチ以上の太さがあるダイヤモンドとエメラルドのブレスレットをしていた。それをロッカーにしまい、鍵をかけた。チャールズ・B・ロミントン夫人は婚約指輪をしていた。大昔ロミントン氏がまだ駆け出しの若造で、鉄道を一路線しか持っていなかったころに贈ったもので、咳止めドロップとまちがえそうな大きなダイヤモンドがついているやつだ。グリップに影響すると思ったのか、とにかくそれをはずしてロッカーにしまい、鍵をかけた。それからふたりでひとりのキャディを雇い、なんの勝負だかわからないが、とにかくコースに出た。

正午近くに戻ってきたとき、ふたりはお互いに口もきかなかった。ロミントン夫人の話では、カトラー夫人は見られていないと思いこんで何度かボールを足で蹴ったそうだ。いっぽうカトラー夫人の話では、ロミントン夫人が勝ったと主張しているドッグレッグの七番ホールは、本人申告の十五打ではなく、十七打だったそうだ。とにかくふたりは同スコアで、勝負は引き分けに終わった。ふたりはロッカーに宝石をとりにいった」

「なくなっていたんですか?」

「ピーター、頭が切れる者は思考の過程を残らず表明するものらしい。おまえは予想がついたようだが、だからこそわたしとおまえの時間を費やしてこうして話をしているんだ。ふたりはロッカーを開け、カトラー夫人がいった。〝まあ、大変!〟ロミントン夫人もいった。〝まちがいなくここに入れたのに!〟ふたりは冷戦状態にあったことも忘れ、カトラー夫人が〝あなたの指輪もないの、ベシー?〟といい、ロミントン夫人が〝あなたのブレスレットも、ミニー?〟と返し、カトラー夫人が〝忽然《こつぜん》と消えてしまったわ〟といった。ダイヤモンドはかならず忽然と消えてしまうようだな」

「質問してもいいですか。宝石の価値はどのくらいなんです？」

「両方を合わせてか？　一万五千ドル――ことによったら二万ドルかもしれん」

ぼくは口笛を吹きました。「大金ですね！」

「ピーター、ふたりは女優ではない。大富豪の奥さんだ。宝石の評価については、おそらく保険会社もおなじ意見だろう」

ぼくは話の続きが見えてきました。「それ以上説明する必要はありません。おふたりは醜聞を避けたいんですね。だから警察に通報しなかったんです。このP・モーランのような名探偵ならば、目立たないうえに、けっして失敗はしませんからね。だからおふたりはマクレイさんに電話をかけて調査を依頼し、マクレイさんはぼくが忙しいかどうか尋ねてみると返事したんでしょう。それで報酬はいくらです？」

旦那さまは笑いました。「さすがだな、ピーター。みごとにすべて的外れだ！　ふたりは醜聞を怖れてはいない。ふたりの老婦人にどんな醜聞が立つと思うんだ？　宝石を見つけだしたいと、どちらもご主人に電話した。長距離電話だ。それもクラブから。ご主人はまさに最適な行動をとった。その結果、州警察はアロンゾ・プラットを送りこんできた。数年前、サリー銀行の強盗を阻止した警官だ。無線を装備したパトカーで、十分もかからずにやって来た。カトラー氏は彼の銀行と契約している探偵社のリーダーを送りこんできた。リーダーは午後の早い時間に到着した。その直後、ロミントン氏が依頼した探偵がふたりやって来た。ロミントン氏がチャーターした飛行機で、レイクヴィルの離着陸場へ到着したそうだ。保険会社も契約している探偵を寄こした。そういうわけで、いまカントリークラブには探偵がひしめきあっていて、大会だって開けそうだ」

「それなら、ぼくになんのご用でしょう、マクレイさん？」

そのとき奥さまが車庫から出てきて、鈴を転がすような声で笑いました。「わたしが勧めたの」

「奥さまが、ですか？」

「ふと思いついたのよ。いつもまずは主任警部へ手紙を書くんでしょう？」

「そうです、奥さま」

「じゃあ、早速書いてちょうだい」

追伸　奥さまは受取人払いの電報でかまわないそうです。

受取人払い電報

コネティカット州サリー　R・B・マクレイ氏気付

ピーター・モーラン殿

本職の探偵が調査しているのならただちに休暇に入るべし
きみがのこのこ押しかけて当校の名前を出したなら損害賠償訴訟を起こす
アクメ国際探偵通信教育学校　主任警部

コネティカット州サリー　R・B・マクレイ氏気付
探偵P・モーランより
ニューヨーク州サウス・キングストン
アクメ国際探偵通信教育学校　主任警部殿

昨日の夕方、奥さまに「観察術を実践するために、カントリークラブに行きたいんですが」というと、奥さまは「却下!」と答えました。

「却下?」

「そういうものなんでしょう? 課題を読んだおかげで、プロの探偵が使う業界用語に詳しくなったのよ。ピーター、今日の午後カントリークラブに行くつもりはないわ。それをいうなら、今夜もだけど。だって、ニューヨークから来た探偵が三人の容疑者を厳しく尋問する——」

「三人の容疑者ですか?」

「男性ふたりと女性ひとりよ。すべてのロッカーを開けることができるマスターキーを持っているのは、三人だけだから。邪魔をしたら申し訳ないし」

そこでぼくはこっそり抜けだし、玄関を出てからオートバイに乗りました。私道の先にあるカントリークラブが見えてくると、奥さまのいうとおりでした。建物中の電気が煌々とついていて、ドライヴウェイには懐中電灯を持った男が立っていました。途中で通ったカトラー邸も、煌々と電気がついていました。ロミントン邸もおなじです。たぶん夫人の話が本当か、つまり、ゴルフへ行くときに宝石を忘れていったわけではないことを確認するために、お屋敷は上を下への大騒ぎなんでしょう。

今朝、電報が届きました。奥さまはそれを読んで「いいわよね、ピーター。学校の名前を出すのを禁じたことを、彼はあとで後悔することになるわ。そんな気がするの。それはともかく、観察術を実践するときがきたわね」といいました。ぼくたちはクーペでカントリークラブに向かいました。「ピーター、容疑者の話を聞きたいでしょう？」

「そうですね、マクレイ夫人。話したいのなら、どうぞ」

「あててごらんなさい」

「デイヴ・テイラー」

「容疑者じゃないわ」

「どうしてです？」

「キャディ長だから。彼はロッカーのマスターキーを渡されていないの。新しくゴルフコース管理人になったベン・ウィリットもそうよ。ベンは五十年続けた村の芝刈りをやめて、いまは一日中電動芝刈り機に乗って、フェアウェイを行ったり来たりしているわ」

「ふたりは昨日の午前中カントリークラブにいたんですか？」

「そうよ、ピーター。何本か電話をかけて調べたの。デイヴはいつものようにキャディ小屋のドアの前に立って、ガムを嚙みながら木を削っていたそうよ」

「あの男はちょっと足りませんからね」

「そうなの――本当にそのとおりだわ！　本を読んだことがあるかと訊いたことがあるの――時間はたっぷりあるだろうと思って――そうしたらぼやっとした顔をわたしに向けて、〝あ？〟と答えただけだったわ」

「ベン・ウィリットは足りなくありません」

「もちろん。だけど五番ホールでおふたりが見かけたんですって。帽子に手をやって挨拶し、芝刈り機の小さなネジの調整を続けたそうよ。ベンはすこし足が不自由だけど、芝刈り機に乗っているとカウボーイみたいよね」

「キャディたちは？」

「おふたりと一緒にコースをまわっていたわ。キャディはひとりだったの、ピーター。気楽にふたり雇う余裕はあるはずだけど、ひとりだけだったらしいわ」

「カントリークラブの会員はどうです？　特に女性会員は？」

「いなかったの、ピーター」

「いなかった?」

「マスターキーも持っていないけど。前の晩にグリムシャウ家でダンス・パーティが開かれて、六十歳よりも若い人は全員参加したの。終わったのは夜中の三時。だから、遊び盛りの娘や若い奥さんが来たのは午後遅くなってからで、みんなまだあくびしていたそうよ。朝からいた女性は老婦人ふたりだけ」

「アニー・ピアースはいましたよね?」

「ええ、一人目の容疑者ね。女性用ロッカールームの係だから。毎日、ことによると一時間ごとに、女性は手を洗ったあと指輪を忘れていくそうよ。そしてアニーは毎日、ことによると一時間ごとに持ち主を追いかけるか、自分のロッカーに鍵をかけてしまっておいて、あとで持ち主を追いかけているの。若い会員がシャワーを使ったあと、掃除をするのもアニーの仕事よ。ほとんど毎日忘れ物を見つけるらしいわ」

「とにかく容疑者なんですね」

奥さまはかぶりを振りました。「昨日の夜、彼らがアニーにどういう仕打ちをしたのか、考えたくもないわ。だけど、昨日アニーは歯が痛かったそうなの。歯医者に寄ったから、カントリークラブに来たのは正午近かった。そのうえ、デイヴ・テイラーがドライヴウェイを歩くアニーを見ていたのよ」

「マクルヴェインさんもいますね」

「プロゴルファーは二人目の容疑者よ。彼はゴルフボールを絶対に見逃さないの。それがゴルフボールなら落としたものは拾い得だけど、週に一回はコースで本物の貴重品を見つけるのよ。お金の入った財布や時計、シーモアさんの入れ歯を見つけたこともあるわ。マクルヴェインさんが起訴されても、陪審は無罪の評決を下すに決まってる。わたしならそうするもの。ピーターだってそうでしょう? そのうえ、おふたりがスタートしたときは、道をへだてた練習コースでアプローチの練習をしていて、戻ってきたときもまだ練習中だったそうよ」

「残るはアルロ・ベイツですね」

「テニス教師は三人目の容疑者。アルロは今シーズンからカントリークラブで働きはじめたんだけど、西のどこかから来たそうよ。とてもいい子で、大学ではファイ・ベータ・カッパだったらしいわ」

「それはなんですか、マクレイ夫人?」

「成績優秀という意味よ、ピーター。ロッカーを開けるのとはべつの黄金の鍵ってところね」

「でもマスターキーを持っているんですよね」

「それはまちがいないの――営業時間後に女性用ロッカールームへ行けるように。ガットを張りなおすよう頼まれたラケットをとりにいったり――張りなおしたラケットを戻したり。でも、昨日はメトカーフ家の双子のレッスンだったそうなの。十時から十一時がダグラスで、十一時から十二時がトミー。それが本当だったら――あっ、ピーター、わたし、わかっちゃった！」

跳びあがったせいで、車があやうく排水溝に突っこむところでした。「なにがわかったんです、奥さま」

カントリークラブのドライヴウェイで、警官アロンゾ・プラットがハムのように大きい手をあげて合図していました。奥さまはぼくに小声でいいました。「ピーター、わたしがいったことを繰りかえすのはやめて！」それから警官に話しかけました。「なんでしょう？」

「おはようございます、マクレイ夫人。新しい停車線で車を降りて、クラブハウスまで歩いてもらえますか？　そうです。宝石を身につけている場合は、グラブコンパートメントにしまってください。わたしがしっかりと見張っておきます」

「なにをしているんですか？」

ぼくたちふたりとも顔見知りだったので、アロンゾ・プラットは説明してくれました。「昨日、通報があってから十分もたたないうちに、わたしは現場に到着していました。そうです。犯人がまだ宝石を持っているのはまちがいないので、現場から出ていくのを禁止したんです。そのあと探偵たちがやって来て、彼らが持参した機械を道路際の小さな帆布地のテントに設置しました。そうなんです」

「どんな機械なんですか？」

アロンゾ・プラットは声をひそめた。「X線です。クラブハウスを出ていく者は、全員その前を通ってもらうんです。指輪やブレスレットを隠しもっていたら、かならず見つけられます。機械の前を通らずにここを出ていくことはできません。どうです、名案でしょう?」

奥さまは顔をしかめました。「会員から苦情が出ない?」

「これまでのところ、ひとりだけです。シーモア氏ですが。それでもなんとか説得して、前を歩いてもらいました。すると、コルセットをしていたんですよ。そうなんです!」

奥さまは鈴を振るような声で笑いました。「お気の毒なシーモアさん! そう呼んでいいのかわからないけど、盗品はまだ見つかっていないのね」

アロンゾ・プラットは車から降りる奥さまに手を貸しました。「まだ発見できません。約束の土地カナンへ戻らなければならなくなってしまいます。そうです。しかし覚えておいてください、マクレイ夫人。実は、なにも盗まれていないんですよ。指輪とブレスレットは家に忘れてきただけです。クラブへつけてきたと勘違いしているんです。そうなんですよ。ピーター、鍵を渡してもらえれば、あとでロックしておくよ……」

声が届かない距離まで来ると、ぼくは奥さまに顔を向けました。「だれが犯人かわかったんですか、マクレイ夫人?」

「そのことは忘れてちょうだい、ピーター! 忘れるの! ちょっと思いついただけなんだから。ほら、女性には直感が……」

「でも、名前だけでも教えてもらえれば、これからいろいろ調べて、お手伝いできるかも……」

奥さまはだれかが道に落としたスコアカードを拾いあげました。「ピーター、ここにあなたのイニシャルを書いて……そうよ。じゃあ、こちら側に名前を書くわね……これでいいわ。正解がわかったときに、これをあなたに渡すから。あなたのイニシャルが、おなじものだという証拠になるでしょう……」奥さまからはこれ以上聞きだせませんでした。

どこへ行っても知らない男が立っていて、ぼくたちが通りすぎるとお互いに合図をしあっているようでした。「探偵よ」奥さまがささやきました。「なんだかドキドキするわね」

大きな電動芝刈り機のポンポンという音が聞こえてきて、見るとベン・ウィリットが乗った芝刈り機が、クラブハウスからそれほど離れていない斜面を登っていました。デイヴ・テイラーはキャディ小屋の外に座って、例によって木片を削っていました。マクルヴェイン氏はクラブハウスの入口階段に座って、頭を抱えていました。

「おはよう、マクルヴェインさん」奥さまが挨拶しました。

マクルヴェイン氏はのろのろと立ちあがりました。関節に油を差したほうがよさそうな動きでした。「もう朝ですかい？　昨日はちっとも眠れませんでした」

マクルヴェイン氏は九番ホールのグリーン横のゴルフ小屋で妻と暮らしています。「いまからでも、ベッドに入ったらどうかしら、マクルヴェインさん」奥さまがいいました。

「みなさん、ずっと探しています。まだ発見できないようです」

「なにか見つかったのかしら、マクルヴェインさん？」

「はい、一年前にあたしがなくした十セント硬貨が見つかりました！　半年以上探したのに、どうしても見つからなかったやつです」

ぼくたちはクラブハウスのなかへ入りました。

玄関扉のところにいた探偵に名前を訊かれましたが、そのまま通してくれました。

「ピーター、女性用ロッカールームで観察術を実践しないといけないわね。なかにだれかいるか、見てくるわ」奥さまはすぐに戻ってきました。「いまがチャンスよ、ピーター」

ロッカールームにはアニー・ピアースしかいませんでした。アニーはさめざめと泣いていて、泣きやむ気配はありませんでした。「そんなに悲観しなくて大丈夫よ、アニー」奥さまが慰めても、まだ泣いています。「ピーター、よく観察してちょうだい」

ぼくはじっくり観察しました。背の高いスティール製のロッカーがたくさんありました。扉はところどころへこんでいて、塗料もはげています。ロッカーは三方の壁にずらりと並んでいました。ぼくはあることを疑問に思いましたが、尋ねる前に奥さまが教えてくれました。「見てのとおり、それぞれ自分のロッカーがあるの。名前のカードが差しこんであるでしょう？　これはロミントン夫人のロッカー。すごいダイヤモンドの持ち主の。あのダイヤは大きすぎて、夫人以外が指にしたところで、だれも本物だなんて思わないでしょうね。これはカトラー夫人のロッカー。エメラルドとダイヤモンドのブレスレットの持ち主。宝石自体は小さいけど、それはもうすてきなブレスレットなのよ」

「ふたりとも一番上の棚に置いたんでしょうか、マクレイ夫人?」

「たぶんね――金網だからよく見えるし。想像してみて、ピーター。ほんの二十四時間前には、美しいブレスレットと目を疑うほど大きなダイヤモンドが、このロッカーに置いてあったのよ」

ぼくはひょいとかがんで、脇にある小さな部屋をのぞきました。長い鎖を引っぱって水を出す式の、昔ながらのシャワー室でした。シャワー室の扉は曇りガラスの新しいもので、床とのあいだに十センチほど隙間が空いていました。

「シャワーについては、本当にお恥ずかしいかぎりなの」奥さまはいいました。「シャワーそのものは、クラブができたときのものなんでしょう。ガラスの扉をつけたとき、水とお湯のバルブを外側にとりつけたのね。ところが温度の調節もまともにできないし、鎖を引っぱると、どういうわけかかならずまちがうのよ。ことしの冬はこれをお払い箱にして、最新式のシャワーを二基新設する予定なの」

ぼくは「そうですか、奥さま」と返事をしました。だんだん考えがまとまってきたからです。シャワー室の奥に、青いガラスの小さな窓を見つけました。奥さまがいなくなってから、その窓を開けてみました。滑らかに開け閉めでき、鍵はついていませんでした。

ロッカールームに戻ると、奥さまは荷物を丁寧に自分のロッカーにしまっていました。それから鍵をかけ、先に立って舞台のある大きな部屋へ行きました。パーティやダンスやいろいろな会に使う部屋です。「アルロ・ベイツはどこにいるのかしら?」ポーチでも見かけなかったし、テニスコートにもいませんでした。「ピーター、今度はあなたの番よ。男性用ロッカールームにいないか探してきて」

アルロ・ベイツは男性用ロッカールームでぐっすり眠っていました。セーターを重ねて頭の下に敷き、ベンチに横になっていました。床に座りこんだメトカーフ家の双子が、指を唇にあてて「しぃっ、ピーター！」とささやきました。

ぼくは忍び足で外へ出て、奥さまに報告しました。

「こんな時間に眠っているの？　まあ、それが一番利口なのかもしれないわね。昨日の夜は探偵たちにかこまれて大変だったでしょうし……じゃあ、キャディに会いに行きましょうか」

「キャディですか、マクレイ夫人」

「ゴルフバッグを担ぐ係よ」

キャディ小屋へ行き、デイヴ・テイラーに質問しました。彼は答えるときだけ木を削る手を止めました。「はい、マダム、それはボビー・ハンターです。昨日の朝いたキャディはやつだけでした。はい、マダム、ほかの連中はわかっていたんです。ダンス・パーティのつぎの日は閑古鳥だって」

「いま、ボビーはどこにいるのかしら？」

「コースに出てます。はい、マダム、やつは金を稼ぎに来ているんで。昨日は探偵に徹底的に調べられたそうですが、けろっとしてます。やつがいうには、老婦人のキャディを務めるときは、なにがあっても驚かないそうです」

　奥さまはデイヴ・テイラーをまっすぐ見て、話題を変えました。「デイヴ、昨日アニー・ピアースがドライヴウェイを歩いているのを見たそうね」

「はい、マダム」

「それは正午すこし前だったの？　どうして時間がわかったのかしら」

「腕時計はしていませんが、あそこの壁に大きな時計があるんで。はい、マダム、あの時計は、キャディがどのくらい仕事をしたかをはっきりさせるためにあるんです。キャディがスタートした時間と戻ってきた時間を、伝票に書くのがおれの仕事ですから」

「正午だったのはまちがいない？」

「正午か、その十五分前のどちらかでした。おれたちは十五分単位で働いているんで。一分単位だときつすぎますから」

　奥さまはまたデイヴ・テイラーをじっと見つめました。「デイヴ、ゆっくり考えてちょうだい。キャディのボビー・ハンターとアニー・ピアース、どちらを先に見た？」

「うーん、マダム、はっきりとはわかりません。ボビーは九番ホールが終わると、ここに戻ってきました。それまでおふたりのゴルフバッグを担いでいて、ちゃんと仕事していました」

「それはアニーを見たあと？」

「そうかもしれません――そうじゃないかもしれません」

「じゃあ、アニーを見る前かしら」

「マダム、よく覚えてないんです。おれはここに一日中座っています。あっちを見るときもあれば、こっちを見るときもある。どっちを先に見たかなんてわかりませんや。ボビーの伝票を書いたのはたしかで——それがおれの仕事ですから——やつはそれを持っていきました」

「伝票を受けとったあとで、なくしてしまったんじゃないかしら？」

「そういうこともあるかもしれません」

「正午——あるいはその十五分前……デイヴ、あなた本当はみんなに思われているよりも頭がいいんじゃない？」

デイヴ・テイラーはにやりと笑いました。「そういわれることもあります、マダム。反対の意見の人もいます。どっちだと思いますか？」

ぼくたちはX線の機械が置いてあるテントを通りぬけました。検査自体は一分もかからず、どうということもありませんでした。

アロンゾ・プラットが鍵を返してくれ、ぼくたちは家に向かいました。

奥さまは煙草に火をつけました。「なにを考えているの、ピーター？」

「アニーはおふたりが戻ってくる前に、ロッカールームへ入ることができたのかもしれません」

「ええ」

「そんなに長い時間はありませんでしたが」

「二分か三分あれば充分じゃないかしら、ピーター」

「アルロは外でテニスのレッスンをしていました。ほんの二、三分ならば、メトカーフ家の双子のそばを離れることはできたはずです」

「本当だわ――そのとおりよ！」

「マクルヴェインさんは道路を渡ったところにいました――ひとりきりで。だれにも見られずに、マスターキーを持ってロッカールームに入ることはできたかもしれません」

「ピーター、あなたは嘘をいえないのね！」

「盗むことはできました――三人とも――だれかが盗んでいないなら、アロンゾ・プラットが正しいんでしょう。おふたりは家に宝石を忘れただけで、盗まれていないんです」

「だけど盗まれたのよ、ピーター！　それは疑問の余地もないの。まちがいなく盗まれたのよ！」奥さまはかぶりを振りました。「そうだわ、ピーター！　X線の機械で検査しているから、犯人は宝石を持ちだすことができないわけでしょう？　全員が検査されるから、だれも持ちだすことはできない。だから、隠してあるのよ――女性用ロッカールームから五メートル以内に――あるいはロッカールームのなかに――それを発見できずにいるんだわ！」

「そうだとしたら、ちょっと思いついたことが……」

「教えてちょうだい、ピーター」

「この事件は観察術が必要です。課題に書いてあったとおりです。〝現場へ行きなさい！　百聞は一見にしかず！　わずかな観察が大きな推論を導くのです！〟あとでこっそり戻って、女性用ロッカールームに隠れようと……」

「ピーター！」

「なんでしょう？」

「さいわい、ロッカールームには男の人が隠れるような場所はないの」

「そうですね。でもすぐ隣にシャワー室があります」

「ピーター、本気じゃないわよね？」

「隠れていれば、なにが起こるか観察できる……」

「ピーター、頭がおかしくなっちゃったの？　ロッカールームは女性が着替えをする場所なのはわかっているでしょう？　シャワー室に行くときは、みんな――ピーター、だれだって――すっぽんぽんなのよ！」

「課題にも書いてありました。本当に官能的なこと以外には、目も向けないつもりです」

奥さまは笑いだしました。そのうち体を前後に大きく揺らしはじめ、笑いすぎて涙を浮かべていました。「ピーター！　あなたにはユーモアのセンスがないと思っていたわ。ピーター、勘違いもいいところだったわね！　ピーター、そんなおかしいセリフを聞いたのは生まれて初めて。あなたがふざけたことを、主人にも教えてあげなくちゃ。シャワー室に隠れて――なにが起こるか観察して――それ以外には目も向けないつもり――それ以外には……」

家の玄関で降ろしたとき、奥さまはぼくがふざけていると思った様子ですが、そうだとしたら、それも奥さまの勘違いです。というのも、今夜暗くなったらカントリークラブにもぐりこむつもりで、シャワー室の窓に白いタオルをぶら下げておきました。外から見てもあの窓だとわかるように。

前にも書いたとおり、この事件に必要なのは観察術だからです。

電報

コネティカット州サリー

R・B・マクレイ夫人殿

葬儀の日時を通知されたし。花を送ります

アクメ国際探偵通信教育学校　主任警部

コネティカット州サリー　R・B・マクレイ氏気付

探偵P・モーランより

ニューヨーク州サウス・キングストン

アクメ国際探偵通信教育学校　主任警部殿

熱が下がるまで外出するなと医者にいわれましたが、奥さまがこの手紙を郵便局へ持っていってくれることになりました。だれが亡くなったのかを教えてください。学校が花を送るのなら、ぼくにも教えてくれるべきだと思います。いっておきますが、費用を負担するつもりはありません。もしそれがN・Bならば、イニシャル以外はなにも知りませんし。

奥さまは昨夜ぼくがふざけていると思ったようですが、探偵P・モーランがやると口にしたらかならずやるんです。最後の一ドルを賭けても心配ご無用ですよ。昨夜は午前四時に目覚ましをかけました。九月でもその時間ならまだ暗いからです。起きると顔と手にすすを塗りました。戦闘へおもむくネイティヴ・アメリカンはそうするとどこかで読みました。暗闇に紛れるためにかならずすすを塗るそうです。それからオートバイでカントリークラブへ向かいました。

月は出ていませんでしたが、星の光でもドライヴウェイの椅子に探偵が座っているのが見えました。パイプに火をつけたときは特にはっきりと。しかしぼくは止まりませんでした。オートバイでクラブの反対側にまわり、カントリークラブに裏口はありませんが、あるとしたらここだろうという場所の茂みにオートバイを隠し、灌木と背の高い草のなかを腹這いでクラブハウスへ向かいました。ポーチの明かりがひとつついていたので、目標ははっきり見えていました。

かなりの距離がありました。たぶん二百メートル近くあったと思いますが、どこかで漆に行きあたってしまったようです。医者が到着したころには、ぼくの両手と顔はぱんぱんに腫れあがっていました。医者の話では、すすを塗っていなければもっとひどいことになっていたそうです。

やはりネイティヴ・アメリカンのやることにはちゃんと意味があるんですね。クラブハウスの近くまで来ると、シャワールームの小さな窓の外にぶら下げたタオルが見えたので、そっと窓を開けてなかに入りこみました。そのとき、大きな釘が出ているのに気づかなくて、怪我はしなかったんですが、なにかが破れる音でその釘に気づきました。破れたのはズボンの尻でした。

前に書いたように、隠れる場所はシャワー室しかありませんでした。目は暗闇に慣れていたので、充分見えました。ぼくはシャワー室に座って朝を待ちました。課題のどこかに〝犯人はかならず現場へ戻ってくるものです〟と書いてありました。ぼくはそれを観察するために来たんです。

隠れた場所は温かくて居心地がよく、大勢の女性がシャワーを浴びるのでとてもいいにおいがしました。床もほかと比べて特にかたいこともなく、ぼくは居眠りをしていたようです。というのも、気がついたら大勢の女の子の声が聞こえたからで、怒って「殺してやる！」といっている子もいれば、くすくす笑っている子もいましたが、みんなあんまり早口なので、なにをいっているのかさっぱりわかりませんでした。

天井の電気がついているので室内は明るく、青い窓ガラス越しにも陽が射していました。ぼくは絶対に音をたてないよう気をつけてゆっくりと立ちあがり、そっと扉を押しました。開きません。力をこめて押しましたが、閉まったままびくともしません。扉には鍵がついていないことを知っていたので、どうなっているのか理解できませんでした。仕方なく四つん這いになり、扉の下から外をのぞいてみると、びくともしないわけがわかりました。扉の向こう側にロッカールームのベンチが積んであったんです。ベンチごと動かそうとしても、天井までびっしりと隙間なく積んであって、とても動きそうもありません。

だれかにいたずらされたようだと考えていると、女性の手が見え、ゴルフクラブでシャワーの鎖を外へ引っぱっているので、これはまちがいないと思いました。

ぼくが「すみません」と声をかけると、その女性が「急いで！　目を覚ましたわ！　起きてるの！」といい、ほかのだれかが「ちょうどいいわ！　やっちゃいましょう！」というのが聞こえました。シャワーの鎖がピンと引かれ、頭のうえから冷たい水が勢いよく降ってきました。

水がかからない場所に逃げようとしても、シャワー室は狭くて逃げる場所もありません。土砂降りの雨が降っているのと変わらず、水は三方の壁や扉にあたって跳ね返ってきました。ホイップコードの制服が重くなり、革ゲートルもあっという間にびしょ濡れになりました。

女の子が「これじゃ冷たすぎるでしょう、ピーター？　かわいそうに！　温めてあげる！」といいました。水が徐々に温かくなり――熱くなり――さらに熱くなり、また大声が聞こえました。「これでどう、ピーター？　お湯になったでしょう！　やっぱりシャワーはお湯よね！」

そのうちあたりが湯気でなにも見えなくなると、お湯が止まり、今度はまた冷たい水が降ってきました――またお湯になり――もう一度冷水に変わりました。

シャワーを出す鎖をつかもうと精一杯跳びあがりましたが、手が届きませんでした。またお湯が降ってきました――続いて冷水に変わりました。ニッケル鍍金《メッキ》の大きなシャワーヘッドの無数の噴出口から水が降ってきました。

ぼくは叫びました。「助けてくれ！」

みんな笑いました。

ぼくはもう一度跳びあがりました。シャワーヘッドに手が届き、つかむとぽろりととれました。そのあとは太いパイプから水が勢いよく落ちてきたので、隅に寄ればあたらずに済みました。

そのとき、怒っているのか笑っているのかよくわからない旦那さまの声が聞こえました。「そこまで！　もう終わりだ！　ピーターを殺すつもりか？　中止しなさい！　ピーターばかりか、社交場もお陀仏だ！　そこいら中水浸しだぞ！」

水が止まり、ベンチも片付けられました。ガラスの扉が開きました。

ぼくは手にシャワーヘッドを持ったまま、シャワー室を出ました。ばしゃばしゃ音をたてて、女性用ロッカールームを通りぬけました。広い社交場へ行くと、床には二センチ以上水が溜まっていました。片側の舞台の上にはたぶん五十人以上集まっていて、その数はどんどん増えている様子でした。旦那さま、アルロ・ベイツ、マクルヴェインさんと奥さん、アニー・ピアース、デイヴ・テイラー、ベン・ウィリット老人、カトラー夫人、ロミントン夫人がいました。見知らぬ十人以上の男たちは、探偵だとひと目で見破ることができました。それ以外にも大勢の若い男女がいました。あとで聞いた話だと、九時からテニスのレッスンを受ける予定だったベティ・オーキンクロスさんが、シャワー室で居眠りしているぼくを見つけたそうです。彼女はすぐに友人へ電話し、みんなで協力して扉が開かないようにベンチを積みあげ、その作業をしているあいだも何人かが電話をかけつづけ、事実上会員全員に連絡したそうです。

　ほとんどの人は笑ったり、悲鳴をあげるだけでした。若い男が「外へ連れだし、リンチにかけよう！」といったとき、奥さまが「見て！　見てちょうだい！」と声をあげました。

　このときぼくだけは自分の姿を見られなかったんですが、自分がどんな有様かはわかっていました。全身濡れ鼠ですすだらけ、ズボンの尻は破れていて丸見えで、漆のせいで顔と手が腫れはじめていました。

　しかし、奥さまが見てといったのはぼくではありませんでした。奥さまはもう一度「見て！　見てちょうだい！」と繰りかえしながら、ぼくが手に持っているシャワーヘッドを指さしたんです。いまでは丸見えになっているシャワーヘッドの上部に、大きなチューインガムの塊がついていて、そこにロミントン夫人の指輪とカトラー夫人のブレスレットが貼りついていました！

　探偵のひとりが叫びました。「すべてのドアに鍵をかけろ！」

　奥さまが近寄ってきて、近くからまじまじと観察しました。奥さまは靴が濡れるのも気にせず、「これは簡単だわ」といいました。課題を手に持っていて、ぱらぱらとめくりました。「課題二十五《指紋》――みんな、よく聞いてね。〝ガムの指紋はお湯と水を交互にかければ保存することができます〟まず最初に、ここにいる全員の指紋をとって、つぎに……」

それをデイヴ・テイラーが遮りました。「これまでのようだな。犯人はおれです」

電報
コネティカット州サリー
R・B・マクレイ夫人殿
　あなたが引用した〝ガムの指紋はお湯と水を交互にかければ保存することができます〟は課題二十五の何ページにあるか明記されたし。我々はその文章を発見できないが、この有益な新手法を実験中。当校で教えることを検討されたし。返答は五十語まで前払い済み
アクメ国際探偵通信教育学校　主任警部

コネティカット州サリー　R・B・マクレイ氏気付
探偵P・モーランより
ニューヨーク州サウス・キングストン
アクメ国際探偵通信教育学校　主任警部殿

　くしゃみが止まりませんが、熱は下がりました。医者からも外出していいとお許しが出ましたし、ぼくとしても異存はありません。特にみんなは「ピーター、よくわかったな」と声をかけて

きますが、グリムシャウ夫人が新しく雇った赤毛の女の子は「ピーター、あなたはすてきね。木曜の晩はなにか予定はある？」と声をかけてくるとなると。

探偵たちは街へ帰る前に車庫を訪ねてきました。保険会社の探偵が「モーランさん、もちろん両方の保険会社からの小切手を受けとってくれますよね」というので「もちろん受けとりますと答えると「街に来たときは訪ねてください。探偵の口を探しているのなら、きみならば即採用です」といわれ「当然そうでしょうね」と答えました。

「マクレイ夫人、みんなになんと説明すればいいんでしょう？」と尋ねると、奥さまは鈴を転がすような声で笑い、「ピーター、わたしは探偵の仕事について助言なんてできないわ。わたしたち、簡単な事件だったと知っているんだもの」

「簡単な事件でした」

「まずは容疑者全員をリストから消していったの」

「全員ですか？」

「全員よ――そのうち、容疑者が増えるから。まず消したのはキャディ。クラブハウスの外でおふたりと会っているし、コースから戻ってきてからは、時間を確認してもらうためにすぐにキャディ長のもとへ向かったから。それが重要になると知っていたのかもしれないけど。でも、探偵に調べられたあと、翌日の午前中も仕事していたでしょう？　身に覚えのある青年には、そんなことはできないはずよ」

「ぼくも彼は無実だと思っていました」

「もちろんそうよね！……ベン・ウィリットも除外できるわ。クラブハウスから遠く離れたゴルフコースで仕事していたから。彼は足が悪いから、一キロ歩くのにもそれはすごく時間がかかるの——なにより、彼が電動芝刈り機に乗っているとすごい音がするから、みんな顔をあげて〝やあ、ベン〟と挨拶するもの」

「ベンは容疑者ではありませんでした」

「あなたにとっては、全員が容疑者なんでしょうね！　ピーター、本当に感謝しているのよ！……それで、マクルヴェインさんは？」

「マクルヴェインさんは正直者です」

「彼が正直者なのはだれだって賛成してくれるわよね——なくした十セント硬貨を半年も探している人が、指輪やブレスレットなんて大それたものに興味を持つはずがないわ」

「アニー・ピアースは……」

「彼女には完璧なアリバイがあるの。歯医者に電話したら、アニーが出ていった正確な時間を教えてくれたわ。デイヴ・テイラーは、アニーがドライヴウェイを歩いていたのは、正午かその十五分前のどちらかだったといっていたけど、たしかにそれは嘘じゃなかったの。実際には正午だったんだけど——デイヴがそういったのは、アニーを容疑者のままにしておくためだったのね」

「アルロ・ベイツは……」

「彼をリストからはずすのは当然よね！　だって鍵を持っているんだもの」

「マスターキーですか？」

「ファイ・ベータ・カッパという鍵よ。彼とはまだ一、二ヵ月の短いつきあいだから、普通なら疑われるところよね。だけどファイ・ベータ・カッパだったアルロはとても頭がいいの。とびきり優秀なのよ。そんな頭のいい人が、ブレスレットと指輪を盗むわけないでしょう？　ブレスレットだけならありうるわね。たくさん宝石が使われているから、ひとつずつほじくり出して売ればいいもの。だけど指輪はそうはいかない。大きなダイヤモンドなんて、どうやって売ればいいの？」

「それはぼくも疑問に思っていました、マクレイ夫人」

「それに頭がよければ、ものを盗むのはひとつのロッカーだけにするでしょうね。ほかに被害がなければ、カトラー夫人がブレスレットをクラブにつけてきたことをだれも信じなかっただろうし、本人もあまり自信はなかったはずよ。保険会社はあらゆる事態を対象にしているから、保険金を支払うでしょうけど。だけどふたつのロッカーからものがなくなったとなると、当然盗まれたと思うわよね。アルロが犯人だったら、そんなへまは絶対にしないはず」

「残るはデイヴ・テイラーだけですね」

「あなたが最初に挙げたのがデイヴの名前だったじゃない、ピーター！」

「そうでしたっけ、マクレイ夫人？」

「ピーター、そんなに謙遜しないで——でもわたしもそんなに時間はかからなかったわ」奥さまはぼくがイニシャルを書きこんだスコアカードを見せました。反対側に《デイヴ》と書いてありました。「最初は彼が怪しいと思わなかったわ。おふたりがスタートしたとき、デイヴはキャディ小屋の前に座っていたし、戻ってきたときも、ボビー・ハンターの勤務時間を確認するためにやはりおなじ場所にいたから。だけど考えてみれば、いつなら安全かをわかっていたわけだから、そのあいだにさっと忍びこんで、貴重品を盗み出すのは簡単だわ！　それにアルロほど頭がよくなかったのね。ロミントン夫人のロッカーの一番上の棚にあった、きらめくダイヤモンドが目に入ったとき、そのままにしておいたほうが自分の身が安全だということには、気がまわらなかったのよ！」

「デイヴはマスターキーを持っていませんでした」

「それもすぐにたいした問題じゃないとわかったわよね、ピーター。本当にマスターキーがなければ不可能かしらと考えてみたの。あんなに古いロッカーなんだし。あなたがシャワー室を調べているあいだ、自分の鍵で試してみたら、三個のロッカーのうち二個は開いたわ。それをだれも知らなかったのは、いままで試してみる人がいなかったからね。ここは善良な人ばかりだから」

「毎年夏になると、鍵をなくす会員が何人もいます……」

「そうね、ピーター」

「デイヴはそれを手に入れたんですね」

「そのとおり——デイヴは一本あれば充分だから、問い合わせがあると四本返していたのよ」

奥さまは賢い女性です。今後もぼくが指導すれば、いつか本物の探偵になれると思います。

「だけど、指紋は——チューインガムの？」

「ピーター、宝石を見つけた瞬間は、ガムに指紋が残っているのを期待したの。だけど近くで見たら、お湯でガムがやわらかくなってしまって、指紋はひとつも残っていなかったのよ。だから、一か八かはったりをかけてみたの。お湯と水を交互にかければ保存することができるといったのは、口からでまかせよ——デイヴはぼんやりだから、真に受けて白状したのね」奥さまはにっこりと微笑みました。奥さまがこんなにきれいだということに、ぼくは初めて気づきました。「ピーター、課題を返すわね。ありがとう。今度の事件でも、あなたからたくさん教えてもらったわ。それなのに、当校で教えてほしいだなんて。わたしは初心者ですからとお返事しておいてちょうだい」

今日の午後、奥さまをカントリークラブまで送っていくと、ベティ・オーキンクロスさんと彼女が委員会と呼ぶみなさんがいました。奥さまは「ピーター、がんばって」といいました。なにが起こるかわかっていたんだと思います。

ベティ・オーキンクロスさんは「ピーター、あなたにはシャワー室に隠れる権利はないけど、わたしたちも最初は水で、つぎはお湯に変えてあなたを溺死させる権利はなかったわ。ごめんなさい。わたしがみんなを代表してお詫びします」といいました。

その日は一日中そうだったんですが、ぼくはくしゃみをしてから答えました。「ベティさん、ご丁寧にどうも」

「わだかまりのないことをわかってもらおうと、ささやかな贈り物を用意したの。受けとって、ピーター」彼女はビロードの箱を差しだしました。

「なんですか、ベティさん？」

委員会のみなさんが笑いました。「オイスター・ウオッチと呼ばれている時計よ、ピーター。防水だから、泳ぎに行くときもつけていられるの。次回、シャワー室に忍びこむときには、重宝すると思うわ」

その時計をいまも使っています。

おかげで、くしゃみをしてから六分四十一秒たったことがわかりました。

笑いと笑いのはざまに

森 英俊

一、『検死審問』（一九四〇）と『検死審問ふたたび』（一九四二）

現在は荒川区区営の「総合スポーツセンター」になっているあたりに、かつてプロ野球の球場があった。「東京スタジアム」（通称：東京球場）がそれで、千葉ロッテマリーンズの前身にあたる毎日大映オリオンズが本拠地として使用。当時としては最新の設備を有し、一九六二年に〈夢の野球場〉として華々しく開場したものの、パリーグ人気の低迷や親会社の経営難などによって、十年後の一九七二年には早くもその役割を終え、そのさらに五年後に解体されてしまった。

パーシヴァル・ワイルドとはなんの関係もないプロ野球の話からいきなり始めたのは、筋金入りの千葉ロッテ・ファンだから……ではなく、この作者との出会いをふり返っていくうちに、中学時代の古本屋回りの楽しい思い出がよみがえってきたから。

筆者の中学時代には古典的名作といわれるものでも驚くほど品切や絶版になっているものが多くて（クリスティやクイーンやカーもけっこう手に入らなかった）、ワイルドの『検屍裁判』（『検死審問』の旧訳。訳者は黒沼健）も、そのひとつ。そんな品切本や絶版本の数々を求めて、休みの日には古本屋回りをよくしたが（そこのところはいまも変わらない）、中学生で遠出をするほどの資金力もないので、どうしても東京二十三区が中心になる。当時は「東京スタジアム」の近くにも何軒か古本屋があり、そのうちもっとも小ぢんまりした店にあったのが、ずっと探していた『検屍裁判』だった。東京創元社の〈世界推理小説全集〉版ではなく、新潮文庫版だったように記憶しているが、とにかくそれを見つけたときには小躍りするほどうれしく、夕暮れどきの「東京スタジアム」も祝福してくれているように見えたほどだ。

同長編は江戸川乱歩の「一九三五年以降の世界名作ベストテン」（評論集『幻影城』に掲載）に堂々選ばれており（米作家の作品でほかに選ばれたのは、レイモンド・チャンドラーの『大いなる眠り』とウィリアム・アイリッシュの『幻の女』のみ）、『海外探偵小説作家と作品』のなかにも以下のようなコメントがある。

「アメリカ式急テンポに非ざる上品なユーモアは、非常に好ましいものだし、トリックも決して悪くはない。（中略）しっくりと読ませる芳醇の味、文芸味もあり、探偵小説的興味も充分」

ところが、ミステリの読者としてはひよっ子で、中学生になったばかりの筆者には、まだ、そうした「上品なユーモア」「しっくりと読ませる芳醇の味」「文芸味」を味わえるほどの経験値はなかった。同じ米国のクイーンやカーやヴァン・ダインのあくの強いはでな展開のものに比べて、なんだかテンポの遅い、地味な感じがしてならず、天才肌の名探偵が登場しないのも大いに不満だった。レイモンド・バー主演のテレビドラマが再放送されていたガードナーのペリー・メイスン・シリーズにはまっていた、ということも少なからず影響していたかもしれない。

ワイルドのスローカム検死官シリーズに対する評価ががらりと変わったのは、二十代も後半になって、原書で『検死審問ふたたび』を読んでからのこと。そのあまりの面白さに、続けて第一作のほうも読み返してみて、他に類を見ないユニークなシリーズであったことに初めて気づかされた。

老婆心ながら、スローカム検死官シリーズは絶対に『検死審問ふたたび』→『検死審問』の順ではなく『検死審問』→『検死審問ふたたび』の順で読むべきで、さらにいえば、『検死審問』→『検死審問ふたたび』→『検死審問』と順ぐりに読んでいくと、よりいっそう楽しめる。そのことだけでも再読三読に堪える連作だということは自明だが（杉江松恋氏も創元推理文庫の『検死審問』の解説のなかで、同書を再々読することを推奨している）、そうすることによって、両書の関連性がより浮き彫りになってくからだ。

謎解きミステリとしてはどちらも甲乙つけがたい出来だが、個人的な好みでいうと、『検死審問ふたたび』のほうに軍配を上げたい。ヴォードヴィル用の一幕物で名をはせた、才気あふれるアイディアマンのワイルドのことだから、『検死審問』の執筆時にそれを二作目の前ふりに使うという意図もあったのではないか、といった穿った見方もしたくなってくる。

どちらもコネティカット州リッチフィールド郡にあるひなびたトーントン村で起きた事件をめぐっての四日間にわたる検死審問の意外な顚末を描いており、リー・スローカムが検死官を、その娘のフィリスが速記係をつとめる。検死陪審員の顔ぶれも何人か共通しており、なかでもキャラの立っているのが、『検死審問』には一陪審員として参加し、『検死審問ふたたび』のほうでは検死陪審長の大役を任されることになった、エヴァラード・ジョン・イングリス。

後者では陰の主役といってもいいくらいで、大はりきりのあまり、すさまじい暴走ぶりを見せる。「能力を発揮する機会さえ訪れれば、ホームズなどよりうまくやれる自信がある」と、すっかり名探偵きどりで、ついにはとんでもない行動にうって出るのだ。その結果、陪審員仲間から、「おれは長いこと探偵小説を読んできたが、素人探偵が殺される話をずっと望んできたんだよ」と評される始末。事件解決のため（?）に、この陪審長が内密の記録を残しておいた帳面や、審問記録に書き加えた注釈も、当の本人が大真面目であるだけに抱腹絶倒もので、読者の多くは笑いをこらえるのに苦労することだろう。

ひなびたトーントン村が舞台というのもミソで、そこだからこそ、リー・スローカムも検死官として、また事件の解決者として、本領が発揮できるのである。だが、スローカムはどちらの事件でも単なる探偵の域にとどまっておらず、そこがこのシリーズをユニークたらしめている所以でもある。それ以上はネタばらしになってしまうので、あとは両作をお読みいただきたい。

二、『ミステリ・ウィークエンド』（一九三八）と*Design for Murder*（一九四一）

本書の表題作はパーシヴァル・ワイルドのミステリ長編第一作にあたる。ワイルドは一九一〇年代から小説に手を染めており、その後、劇作家として多忙をきわめている（米国でもっとも多くの一幕物を執筆したといわれている）合間にも、ミステリの中短編をときおり発表していた。一八八七年に生まれ、五十代の円熟期に入ったワイルドが、そのもっとも得意とする演劇的手法を用いて世に問うたのが『ミステリ・ウィークエンド』で、作者の深いミステリ愛を反映し、黄金時代の典型的なパズラーに仕上げられている。

フォーマットとしてはいわゆる〈雪に閉ざされた山荘〉物で、大吹雪で積雪は三メートルを越え、電話も不通のうえ、最寄りの駅まで十キロ近く離れているため、完全に孤立してしまっている。事件の舞台になるのはコネティカット州の有権者が二百人程度というちっぽけな村にあるサリー・インで、ここに〈ミステリ・ウィークエンド〉の参加者一行が到着し、物語の幕が開く。この種の趣向が米国でいつ頃から行なわれていたのかはさだかでないが、少なくとも、ミステリの世界にそれを採り入れたのは、おそらく本書が最初で、それがプロットに密接に結びつき、単なる趣向倒れに終わっていないところも、いかにも才人ワイルドらしい。

わが国でこの〈ミステリ・ウィークエンド〉に類したものが流行り始めたのはバブル期前後ではないかと思われるが、目的地を知らされぬまま列車に乗る〈ミステリトレイン・ツアー〉、参加者たちがホテルに滞在し、そのあいだに起きた（という設定の）事件を推理するものなどがあり、さらに最近では、デパートの店内放送でミステリ小説をラジオドラマのように流し、来店客に謎解きを楽しんでもらうものまで出現し、霞流一氏がその原作を手がけている。

『ミステリ・ウィークエンド』の中心になる謎は密室をめぐるもので、トリック面にいささか不満は感じるものの、密室現場の状況が時間の経過と共に変容し、不可能性がさらに増す、という離れ業に挑んでいる点は評価したい。陳列ケースにあった凶器とおぼしきトマホークが消えたかと思うとまた元に戻っていたり、被害者が冬のリゾート地には場違いな服装で来ていたりといった、副次的な謎のほうも、密室の謎に劣らず魅力的。加えてすばらしいのが、不可解な行動を取り続けるツアー参加客フィル・ドウティ夫妻をめぐる謎で、ふたりの所持品に水着の入っていた理由、夫人が泣いていたわけも、いざ解明されてみると、なるほど納得がいく。

遊び心が満載なところも、好感が持てる。公立図書館の司書でネイティヴ・アメリカンの武器を蒐集しているプレブル夫人の、「公立図書館の司書は、ミステリ小説についてはなんでも知っていないといけないんです。信じられます？　三人いれば、そのうちふたりはかならず最新のミステリを読みたがるんですから。エルキュール・ポアロ、エラリー・クイーン、ファイロ・ヴァンスなどは、長いつきあいの友人のような気がするほどですわ」という台詞には思わずにやりとしてしまうし、四番目の手記の作者の、「必要としていた情報は入手できた。おかげでピースはすべてぴたりとはまった」（一五七頁）という発言は、〈読者への挑戦状〉ともとれるだろう。そういえば、九五頁にはトーントンに警察官舎があるという記述が出てくるが、これはスローカム検死官らのいるあのひなびた村のことだろうか？

このあたりで、先述の演劇的手法についてもふれておこう。

事件の舞台が雪に閉ざされたサリー・インに固定されているので、読んでいるうちに舞台劇を観ているかのような感覚さえおぼえてくる（筆者の場合は、ロンドンで数回観た、アガサ・クリスティの舞台劇「マウストラップ」が想起された）。四人の登場人物たちがリレー式に物語を綴っていく形式が採られているが、それぞれの手記が舞台でのいわば一幕にあたり、手記の書き手が交替するたびに事件の様相が一変する展開もあざやかだ。

一九四七年にエラリー・クイーンの編纂したアンソロジー *Murder by Experts* は、MWA（アメリカ・ミステリ作家協会）の会員たちがそれぞれお気に入りの作品を選ぶという趣向のもので、ワイルドの「P・モーランと消えたダイヤモンド」もドロシー・B・ヒューズの推薦で採られている。ヒューズは同短編の解説も担当し、そのなかで作者のミステリ長編にもふれ、台詞や描写をぎりぎりまで削ぎ落とすことが衝撃度の高さにつながっていると評している。ぎりぎりまで練りこまれた、むだのない台詞まわし――それはまた、よくできた演劇とも共通するものである。

この『ミステリ・ウィークエンド』のあと、『検死審問』をあいだにはさんで出版された第三ミステリ長編 *Design for Murder* は、登場人物こそ重複していないものの、『ミステリ・ウィークエンド』とも共通点の多い、姉妹編ともいうべき作品だ。犯人の設定などからすると、『ミステリ・ウィークエンド』を書きあげた時点で、すでに *Design for Murder* のほうの構想もできあがっていたのかもしれない。比較的入手の容易な、古書価もさほど高くない本なので、興味を持たれたかたはぜひとも『ミステリ・ウィークエンド』と読み比べてみていただきたい。

やはり四人の登場人物たちがリレー式に物語を綴っていくという形式が採られており、手記の書き手が交替するたびに、そのなかに出てきた事件関係者の印象もがらりと変わってしまう。『ミステリ・ウィークエンド』では〈ミステリ・ウィークエンド〉がプロットと密接に結びついていたが、*Design for Murder* のほうでは〈殺人ゲーム〉が同等の役割を果たしている。これに類似したものは、ある世代の人間なら一度や二度ならず中学や高校で遊んだ経験があると思うが、要するに、犯人役や被害者役をきめておいて（犯人役だけをきめておき、被害者は犯人みずからが選ぶ、というバリエーションのものもある）、残りの人間がそれを推理するといったものである。最近の流行りでいえば、〈人狼ゲーム〉にテイストが近いだろう。

物語の舞台は、コネティカット州にある広大なカントリーハウス。そこでは主人夫妻を含めた十人の人間が週末を過ごしており、シャーロック・ホームズ物の「空家の冒険」や「まだらの紐」の欠陥についての議論が白熱したあと、暇つぶしに全員で〈殺人ゲーム〉をすることになった。石を十個用意し、赤を引いたものが犯人、黒を引いたものが被害者となり、犯人役は犯行後にフェアに手がかりを残しておくのがきまり。それに基づいて推理を組み立て、犯人を指摘できたものが勝者となるのだ。

かくして暗闇のなかで〈殺人ゲーム〉が始まり、明かりがふたたび点いてみると、先刻、ホームズ物に関する疑問を持ち出したメアリー・アッシュトンの姿が見えない。図書室に入ると、〈まだらの紐〉に模した最初の手がかりが、天井からつり下げられていた。メアリーは部屋の中央のテーブル脇のソファに横たわっており、顔は新聞紙で覆われていた。窓の前にはギリシャの胸像が置かれ、胸像の頭の銃弾の貫通した穴に注目せよという、「空家の冒険」がらみのメッセージが記されていた。床の上にはショットガンがあって、一発発射されているというメッセージカードが添えられており、口紅で床に描かれた赤いしみの横にも「血」というカードがあった。テーブルの上のタイプライターのところには遺書らしきものもある。シャネルの香水の匂いを漂わせている死体役のメアリーに話しかけてみても、なんら反応がなく、笑みらしきものを浮かべ、目を閉じたまま。とうに絶命していたからだ。犯人役がだれであったかをつきとめるため、九人はテーブルの上にそれぞれの石を並べるが、不可解なことにいずれも白であった。さらにおかしなことに、メアリーの持っていた石も白であったことが判明する……。

とある人物がいかにして〈殺人ゲーム〉を犯行に利用しようとしたかがミソで、『ミステリ・ウィークエンド』同様、いったいだれが最終的に謎を解くことになるのか、容易には見抜けないようになっている。それが犯人ともども意外な人物であればあるほど、読み手の側の驚きも増幅されることになるのである。

三、『悪党どものお楽しみ』（一九二九）と『探偵術教えます』（一九四七）

他の追随を許さない、オリジナルあふれる作品を生み出したことによって、パーシヴァル・ワイルドは米ミステリ史に於いて特異な地位を占めるべき作家となった。長編についてはすでに述べたとおりだが、二冊のミステリ短編集のほうもこの作者ならではのもので、『悪党どものお楽しみ』では語りと騙りの面白さ、『探偵術教えます』では文体の妙と迷探偵の迷走ぶりを満喫させてくれる。

〈クイーンの定員〉にも選ばれた『悪党どものお楽しみ』でシリーズ探偵をつとめるのは、賭博師あがりの農夫ビル・パームリー。プロの賭博師として活躍していただけに、いかさまには精通しており、作中ではいかさま師たちのさまざまな欺瞞やトリックを暴く。ポーカーをはじめとするカードゲームに加え、ルーレットやチェスの対局なども題材にされており、それらをやったことがあれば、より楽しめる内容になっている。とはいえ、専門用語が頻出するわけではないので、未経験者にも十二分に楽しさが味わえるはず。

パームリーはいかさまを暴くと同時に、ときにはいかさま師たちへの対抗策として、みずからもトリックを仕掛ける。読者としては、謎解きとコンゲーム物の要素のどちらも楽しめるわけで、結果的に、一冊で二度おいしい、なんとも贅沢な短編集に仕上がっている。

もうひとつ注目すべきなのは、シリーズ二作目の「カードの出方」以降でワトスン役をつとめることになる、トニー・クラグホーン青年。とにかく底抜けのお人好しのうえ、おせじにも知性が優れているとはいえず、そのため、自身がいかさまの被害に遭う「カードの出方」を筆頭に、ほとんどの事件で窮地に陥る。パームリーもさすがにあきれて、いったんはほったらかしにしておこうと思うものの、夫の身を案じるクラグホーン夫人に懇願されたりすると、ひと肌ぬがざるをえなくなる。ちなみにシリーズ最高傑作「ポーカー・ドッグ」には、度重なるクラグホーン青年からの助けを求める電報にもなんらリアクションを起こそうとしなかったパームリーが、クラグホーン夫人からの電報を受け取るや、ニューヨークに駆けつける旨を返信する、愉快なやりとりが冒頭に付されている。

愉快なやりとりといえば、『探偵術教えます』のなかで、コネティカット州サリー（！）に暮らすP・モーランくんとニューヨーク州にある探偵通信教育学校の主任警部とのあいだで交わされる、手紙や電報を介してのやりとりも、爆笑必至。なにせ、このP・モーラン青年、お屋敷付き運転手の身でありながら、通信教育の探偵講座を受講中で、すっかり名探偵きどりで習い覚えた探偵術を実行に移し、事態をますます紛糾させてしまうのだ。そのきわめつけが「第六講P・モーランと消えたダイヤモンド」で、同じ屋敷で働いているミステリマニアの女子大生にそそのかされ、消えたダイヤモンドの隠し場所とおぼしき美術品を壊して回る。ついには、不運きわまりない依頼者から、「わしは昨日、十一個のローズ・ダイヤモンドを見つけたら千ドルやると言ったな」「今日はそいつを見つけなければ、二千ドルやろう」と告げられる始末。

くだんの女子大生の推理――「もしエラリー・クイーンがその話を書いたとしたら、宝石はミスター・フィンドレィが夕方旗を降ろす時大砲に入れる弾に入っているはずよ。そして川の中にその弾を撃ち込み、あらかじめ準備していた共謀者がそこで待ち構えているのよ」――も最高で、この短編をみずからが編集長をつとめる《エラリー・クイーンズ・ミステリ・マガジン（EQMM）》に掲載したフレデリック・ダネイがどんな顔をしてその一節を読んだのか、見てみたいものだ。

四、ボーナストラック

本書には《EQMM》米国版に掲載された珠玉の三編を併収してある。というのも表題作が長編としては短めなためで、いわばボーナストラックとして、それらを収めることにした次第。そちらのほうにも最後に簡単にふれておこう。

◉自由へ至る道（原題：The Way to Freedom／初出《EQMM》米国版一九五二年一月号）

一見したところ、成功している実業家のメイナードと、低賃金の労働者という風情のガスリー。前者は身なりがよく、後者は安っぽいものを身につけている。顔も対照的であり、前者は知性的で、人に命令することに慣れているタイプ。一方、後者のおとなしい日はいかにも鈍感そうな光を放っており、人から命令を受け続ける人生であったことをうかがわせる。ところが、大衆食堂でメイナードが「ガスリーさん」と呼びかけるにおよび、たちまちふたりの関係性は一変する（このあたり、まるで舞台劇を観ているよう）。そして目の前でガスリーがふいに心臓発作を起こしたことから、メイナードはとある計画を思いつく。

サスペンス、クライム・ストーリー、人情譚の要素が渾然一体となった、作者のストーリーテリングが堪能できる傑作。

◉証人（原題：The Witness／初出《EQMM》米国版一九四八年四月号）

長さとしてはショートショートで、一幕物を得意にしていた作者だから、こういった短い作品もお手のもの。

物語は映画の撮影現場から幕を開ける。そこで起きた血なまぐさい殺人事件をめぐり、地方検事補と容疑者のギャングとのあいだで、息も詰まるような攻防戦が繰り広げられる。検察側の切り札は、起こったまま正確に事件を記憶し、そのとおり陪審に証言できる、信頼のできる証人。その意外な正体とは？　短いながらも、よくできたお話。

◉P・モーランの観察術（原題：P. Moran, Personal Observer／初出《EQMM》米国版一九五一年八月号）

『探偵術教えます』（一九四七）の刊行後に発表されたため、それに唯一、収録されなかった、P・モーラン物。

大富豪と結婚している老婦人ふたりが、クラブでどちらが一番最低のゴルファーなのかを決するために、九ホールを回る。勝負は引き分けに終わるが、ラウンドのあいだにロッカールームに置いてあったダイヤモンドとエメラルドのブレスレット、大きなダイヤモンドのついた指輪が盗まれる。ふたつ併せて、一万五千ドルから二万ドル相当という高価な品だ。州警察の腕利き捜査官、銀行と契約している探偵社の探偵、別の私立探偵ふたりに加え、保険会社の契約している探偵が、事件現場のカントリークラブへとやってくる。そこに迷探偵P・モーランまでもが通信教育で学んだ観察術を実践せんがために乗りこんできたから、大混乱になること必至！

P・モーランは、この事件には観察術が必要だと主張し、とんでもない行動にうって出る。それが思いもよらない結果を招き、モーランはまたしても運よく勝利を収めることになる……いや、今回はそうとばかりはいえないか。大真面目なのか、とぼけているのか、結びの一文がまた秀逸で、にやにや笑いやくすくす笑いを誘発し、ひとによっては声をあげて笑ってしまうかも。

【蛇足】

パーシヴァル・ワイルドのミステリ長編の顰に倣って、本稿も四部構成にしてみたが、お楽しみいただけただろうか? それではまた、どこかの解説でお逢いしましょう。Happy reading!

【著者】パーシヴァル・ワイルド　*Percival Wilde*
1887 年～ 1953 年。アメリカ、ニューヨーク生まれ。名門コロンビア大学を卒業後、劇作家としてデビュー。ミステリ作品は 1938 年に『ミステリ・ウィークエンド』を刊行、その後、『検死審問　インクエスト』、『探偵術教えます』などで日本でも話題に。

【訳者】武藤崇恵　むとう・たかえ
英米翻訳家。主な訳書にバークリー『ロジャー・シェリンガムとヴェインの謎』『パニック・パーティ』、フィルポッツ『だれがコマドリを殺したのか』、ベロウ『魔王の足跡』など多数。

ヴィンテージ・ミステリ・シリーズ

ミステリ・ウィークエンド

●

2016年1月29日　第1刷

著者…………パーシヴァル・ワイルド

訳者…………武《む》藤《とう》崇《たか》恵《え》

装幀…………藤田美咲

発行者…………成瀬雅人

発行所…………株式会社原書房
〒160-0022 東京都新宿区新宿1-25-13
電話・代表 03 (3354) 0685
http://www.harashobo.co.jp
振替・00150-6-151594

印刷…………新灯印刷株式会社
製本…………東京美術紙工協業組合

ISBN978-4-562-05281-3, Printed in Japan